Es waren keine Könige

Vier Frauen geben Acht

von

Ulrich Markwald

©2022

Impressum:
Copyright: 2022 Ulrich Markwald

1. Auflage 2022
Umschlaggestaltung, Illustration: **Jan-Lukas Pflaum**
Lektorat, Korrektorat: **Margarita Pflaum,**
Peter Vogel-Dittrich
Angelika Hittinger

ISBN: 9783756800452

Herstellung und Verlag: BoD – Books on Demand, Norderstedt

Bibliografische Information der Deutschen Nationalbibliothek: Die Deutsche Nationalbibliothek verzeichnet diese Publikation in der Deutschen Nationalbibliografie; detaillierte bibliografische Daten sind im Internet über dnb.dnb.de abrufbar.

für Maria 2.0

Soweit historisch und literarisch möglich, werden männliche und
weibliche Bezeichnungen abwechselnd gewählt

**Da sie den Stern sahen,
wurden sie hocherfreut.**[1]
Matthäus 2,10

**Die Nacht ist anders als alle andern Nächte.
Die Zeit steht still
und tiefer Frieden bricht sich Bahn.**[2]
Norbert M. Becker

---

[1] Alle Bibelzitate sind der *Guten Nachricht Übersetzung* (Deutsche Bibelgesellschaft Stuttgart) entnommen
[2] Norbert M. Becker, *Lieder aus gutem Grund*, Oase Steinerskirchen

Kapitel 1 – Skandal im Dom!

KölnTagblatt

Ausgabe 08/24

Überraschung im Kölner Dom!

Muss die Weihnachtsgeschichte der Christenheit neu geschrieben werden?

Neuere Forschungen scheinen das zu untermauern. Eine DNA-Analyse der Knochen der Hl. Drei Könige im Kölner Dom ergab völlig neue Gesichtspunkte. Bei der Öffnung des Schreins, in dem die Gebeine seit dem Mittelalter verehrt werden, fanden sich fünf teilweise unvollständige Skelette. Nun war es nicht unüblich, Fragmente von anderen Heiligen in einem berühmten Schrein aufzubewahren. Allerdings machen die DNA-Ergebnisse klar, dass es sich um mindestens 4 weibliche Körper gehandelt haben muss. (Weiter auf Seite 3)

Church Tod

unday, August 30, 2024

The Three Wise Men - Fake

At the Epiphany festival, the Catholic Church celebrates the Three Wise Men – some also call them Kings. The bones of the same have been lying in Cologne in Germany for centuries. Now, modern DNA analysis has revealed that the bones are from four women. Does the history of the Christian churches need to be rewritten?

Ausgabe 08/24

Bald

Skandal im Kölner Dom!

Der Papst hält sich bedeckt

Noch keine Stellungnahme aus Rom! Kardinal Marx aus München: „Auch das noch!" Ministerpräsident Söder meint auf Anfrage unserer Redaktion: „Die Hl. Drei Könige wären in Bayern besser aufgehoben gewesen." Wie kamen die Gebeine überhaupt nach Köln? Unser Reporter Harry Hirsch machte sich sofort an den Ort des Geschehens. Er befragte Labormitarbeiterinnen, Geistliche und Passantinnen auf den Straßen Kölns … (Weiter auf Seite 5)

Zeitungen auf der ganzen Welt titeln:

Surprise in Cologne Cathedral! (Daily Mirror)

Watschen für die katholische Kirche? (BAYERNKURIER)

The Christmas Story needs to be rewritten! (New York Times)

L'histoire de Noël doit être réécrite! (Le Monde)

I Tre Re erano quattro donne! Quattro regine?
(La Repubblica)

Fehler bei DNA-Untersuchung von Reliquien
(L'Osservatore Romano – die Vatikanzeitung in deutscher Sprache)

Aus einer aktuellen Sondersendung von ARD und ZDF:

„Überraschende Entdeckung im Kölner Dom!

Die letzte Öffnung des Sarkophags, der eine sehr wechselhafte Geschichte hat, fand 1864 im Kölner Dom statt, 700 Jahre nachdem Rainald von Dassel die Königsgebeine nach Köln brachte. Man erkannte damals die unvollständigen Gebeine von 5 bis 6 Personen.

Einige der Knochen waren nicht eindeutig zuzuordnen. Ein anwesender Arzt soll die Echtheit der Dreikönigsgebeine bestätigt haben. Eine Gen-Analyse gab es damals noch nicht. Anschließend wurde der einzigartige mit Gold und Edelsteinen verzierte Schrein wieder versiegelt.

Nun, rund 160 Jahre später, ist der Sarkophag erneut geöffnet worden. Es sollte überprüft werden, ob die Reliquien auch bei den anstehenden Klimaveränderungen sicher für die Ewigkeit aufgehoben sind. Nach zunächst erbittertem Widerstand seitens konservativer Bischöfe erlaubte die Kirche eine minimale Probenentnahme für eine DNA-Analyse...

Die Überraschung war riesengroß: Vier der Gebeine entpuppten sich eindeutig als weiblichen Ursprungs!"

Hier kommt ihre Geschichte:

Kapitel 2 – Annas Schwarzwaldhof

Ein Käuzchen ruft. Anna geht an die geöffnete Terrassentür. Tief atmet sie die frische Schwarzwaldluft ein. Ein feiner Nebel entsteht, als sie ausatmet und er mildert den Blick auf die scharfen Umrisse der dunklen Tannen. Sie hört einen Specht hämmern und einen Kauz rufen. Wenn ein Käuzchen ruft, dann stirbt ein Mensch, so glaubten früher viele Leute. Abergläubisch ist sie nicht. Sie genießt die kühle Abendluft und freut sich, dass es noch Kauze im Wald gibt. Ob sie auch schon eine seltsame Kauzin ist?

Anna wird bald achtzig Jahre alt. Wer ihr begegnet, denkt an eine gute alte Fee. Weiße Haare, wache Augen und viele kleine Fältchen geben ihr ein ausdrucksstarkes Gesicht mit liebevollem Blick.

Sie erschauert ein wenig, obwohl es für Dezember noch nicht so richtig kalt ist. Sie schließt die Glastür wieder, dreht sich um und schaut in den großen Raum mit dem heimeligen Jugendstilkachelofen, den sie sich für kleine Gruppenevents eingerichtet hat. Er liegt nur scheinbar ganz ruhig im Dämmerlicht, wäre da nicht – ja, was ist das? – ein leichtes Flimmern an einigen Stellen im Raum. Nicht silbrig, eher golden. Sie schüttelt den Kopf und schaut noch einmal hin. Ob das wieder eine ihrer Visionen und Ahnungen ist? Schon seit einiger Zeit hört sich das Haus anders an. Knarzen von Treppenstufen, obwohl sie alleine hier wohnt. Türen schließen nicht mehr richtig oder öffnen sich von selbst. Und wenn sie über die alten Dielen geht, wölbt sich da nicht ein wenig der Boden?

Das Wasser aus der Leitung schmeckt und riecht anders. Besser, findet sie, aber sie kann nicht sagen, warum. Der alte Kachelofen brummt leise auf, wenn sie Holz nachlegt, als wolle er ihr etwas zuraunen.

Sobald sie das Stalltor öffnet um Holz zu holen, entsteht ein Laut, der so klingt wie ein „Ahhh", manchmal auch wie ein „Ohhh".

Steht die Sonne mittags über dem Bauernhof, so scheint ein Strahl direkt in die Mitte des Hofes zu fallen.

Und die Bäume, ja die Schwarzwaldtannen, sie neigen sich ein wenig zu ihrem Anwesen hin. Oder bildet sie sich das alles nur ein? Spukt es bei ihr im Oberstübchen?

Sie wird Besuch bekommen, das ahnt sie tief in ihrem Innern. Eine leise Furcht breitet sich aus. Wer wird da wohl kommen? Und wie viele? Was wollen die Gäste? Hat sie genug zu essen da?

Anna kann seit einigen Jahren Dinge sehen, für die andere sie für verrückt erklären würden. Gerade sie, die mit beiden Beinen auf dem Boden von Forschung und Lehre steht! Sie hat Psychologie studiert, promoviert und lange als Therapeutin gearbeitet. Sie hat in menschliche Abgründe geblickt, aber auch viel Heilung erlebt. Nun ist sie im Ruhestand und bietet nur gelegentlich noch Kurse an, wenn danach gefragt wird. Manche bezeichnen sie als Seherin. Das weist sie vehement zurück. Als Psychologin sieht sie sich vor allem als Wissenschaftlerin.

Besonders angetan hatte ihr schon immer die Auseinandersetzung mit Mythen, Märchen und Erzählungen aus unterschiedlichen Zeitaltern und Kulturen. Im Gegensatz zu Sigmund Freud sieht sie sich in der Tradition von C.G. Jung, der sich mit solchen Phänomenen intensiv auseinandergesetzt hat.

An diesem Weihnachtsfest wäre sie alleine gewesen. Was sie eigentlich genießen könnte, denn sie fühlt sich niemals einsam. Aber vielleicht kommt es doch anders...

Kapitel 3 – Deborah, die Fürstin

Nun feiert ihr einziger Sohn bald sein 17. Neujahrsfest. Dann wird er wohl das Haus verlassen. Josua ist Weinbauer geworden. Und das nur, damit er Jemima freien konnte. Sein eigener Vater, Deborahs Mann, er war einer der drei Fürsten von Idumäa in Israel, starb vor einem Jahr. Josuas Schwiegervater hat keine Söhne, und hofft nun, dass sein Weingut, eins der größten im Land, durch die Heirat in der Familie bleiben kann.

Eigentlich sollte Josuas Braut Jemima zu ihm in sein Elternhaus ziehen, eigentlich ein ungeschriebenes Gesetz. Eigentlich hat sich Deborah auch darauf gefreut: Wieder Leben im Haus, nacktes Kinderfüßetrappeln auf den Fliesen, Lachen und Weinen Tag und Nacht. Aber der Schwiegervater wohnt einige Tagesreisen weit entfernt in einem anderen Dorf und will sein Weingut versorgt haben. Er besitzt große Weinberge in bester Lage und Josua soll einmal alles übernehmen. Damit würde er ebenfalls ein reicher Mann.

Deborah hätte als Fürstin natürlich ein Nein zu dieser Verbindung sagen können. Aber sie wollte dem Glück ihres einzigen Sohnes nicht im Wege stehen. Josua hat zudem keine großen Ambitionen gezeigt, in die Fußstapfen seines Vaters zu treten und Fürst von Beerscheba zu werden. Hinzu kommt, dass sie selbst müde geworden ist. Auch wenn ihr Mann Fürst und damit auch Richter gewesen ist, viel hatte er ihrem Rat und ihrer Weisheit zu verdanken, denn er war ein Hitzkopf gewesen. Deshalb ist sie bei den vielen Verhandlungen und Gerichtssitzungen fast immer dabei gewesen. Man kennt und achtet sie. Das kleine Fürstentum hat deshalb stets Frieden mit den Nachbarn halten können und ist so zu Wohlstand und Ansehen gekommen.

Aber sie mag nicht mehr regieren. Mit ihren achtunddreißig Jahren fühlt sie sich nicht mehr so stark wie früher. Allein es gibt eine Nachfolgerin, die schon ungeduldig mit den Hufen scharrt. Deborah hat außer Josua noch sieben Töchter geboren. Ihre älteste und ehrgeizigste Tochter Esther hofft schon eine Weile auf die Nachfolge. Sie ist gebildet, kennt sich mit Handel und Gesetzen aus und ist eine geschickte Verhandlerin. Sie ist ihr ebenbürtig, allerdings hitzköpfig wie ihr Vater.

Der Abend bricht bald herein. Es wird schnell dunkel und kühler. Deborah schätzt diese blaue Stunde zwischen Tag und Nacht. Sie bedeutet nicht nur ein Ende ihrer Arbeit, ein Ruhigerwerden im Innenhof ihres Anwesens, sondern auch eine Zeit der Besinnung. Meist ist das Abendmahl schon eingenommen, Kinder und Tiere versorgt. Sie sucht dann eine ihrer Töchter auf, um noch einmal in Ruhe zu besprechen, wofür am Tage die Zeit nicht reichte. Auch wenn es einen Streit gab, so versucht sie, den nicht mit in die Nacht zu nehmen.

Oft geht sie auf das Dach des Hauses, wo die Luft kühl, aber die Lehmziegel noch warm sind. Sie schaut zu den Sternen auf. Sie kennt viele Sternbilder, und jedes Mal, wenn sie hier steht, läuft ihr ein Schauer über den Rücken und sie ist erfüllt von der Weite des Himmels, von seiner Pracht und seinen funkelnden Sternen. Sie fragt sich, warum der Schöpfer diese vielen Lichter an das Himmelszelt gesteckt hat. Ob irgendjemand schon einmal alle gezählt hat? Und ein Ahnen ist da, von etwas Großem. Sie erschaudert erneut und Tränen füllen ihre Augen. Sie weiß nicht warum – es ist keine Traurigkeit, es sind keine Freudentränen, eher ein Ergriffensein. Endlich begibt sie sich gedankenleer und doch erfüllt auf ihr Lager.

In dieser Nacht hat Deborah einen Traum:

Vier Tiere trafen sich in einer menschenleeren Oase. Sie saßen um ein Wasserloch. Die Königin der Wüste, eine Löwin, dann die schnellste ihrer Art in der Steppe, eine flinke Gazelle, das Tier mit den besten Augen, ein Adler und eine muntere kleine Wüstenmaus ....

Eines dieser Tiere war sie. Sie schaute an sich herunter und erwartete die Löwin zu sein. Aber nein, sie hatte weder flinke Hufe noch scharfe Augen – sie war die Maus. Verschämt rollte sie sich in ihren Schwanz ein. Da grollte die Löwin, die gerade eine Rede hielt:

Du, nur Du kannst das tun!

Deborah-Maus entrollte ihren Schwanz und schnupperte mit ihrem feinen Näschen in die Nacht. War da noch jemand?

Nein, Du, sagte sanft die Gazelle.

Sie schaute sich neugierig um. Aber da war doch niemand mehr.

Ja, Du! Die Augen des Adlers schienen sie zu durchbohren.

Ich? piepste sie. Aber ich bin doch nur eine winzige kleine Maus. Was kann ich denn ausrichten?

Du kannst – die Löwin machte eine bedeutungsvolle Pause - den Fürst des Friedens *finden ...*

...beschenken ... fügte der Adler hinzu...

... und in Sicherheit bringen... flüsterte die Gazelle.

So einen Fürst könnte ich doch gar nicht tragen! rief die Wüstenmaus, dafür bin ich doch viel zu klein!

Nun zog unerwartet ein Sturm herauf. Sand fegte über die Dünen. Sie sah sich nach einem Loch um, in dem sie verschwinden konnte, um nicht fort geblasen zu werden.

Wir helfen Dir dabei, ließ sich der Adler, nun versöhnlicher, vernehmen. Der Fürst des Friedens ist klein, er ist noch nicht geboren. Er ist noch in seiner Mutter und seine Seele in den Himmeln...

Seine letzten Worte gingen fast im Wüstenwind unter. Deborah-Maus sah über dem Horizont noch einen Stern funkeln, dann riss der Sturm sie mit und ...

... sie erwacht schweißgebadet. Sie schaut an sich herunter, ob sie noch Fell hat. Nein. Aber merkwürdigerweise Sand zwischen den Zähnen. Sie steht auf, spült sich den Mund aus und wäscht sich mit einem Schwamm.

Der *Fürst des Friedens.* Ja, das klingt gut. Aber was will ihr der Traum sagen? Sie ist eine gute Traumdeuterin, aber bei den eigenen Träumen fällt es ihr nicht so leicht wie bei anderen. Sicher, dieser Friedensfürst ist eine Metapher. Aber wofür? Sie soll ihn suchen. Aber wo? Und wozu? Und was ist das Ziel?

Seit diesem Traum ist ihr Entschluss, den Fürstinnensitz abzugeben, fester geworden. Sie will alles in guten Händen wissen. Das wird sie zuerst ihren Kindern kundtun. Dann folgen die Stammesoberhäupter und andere wichtige Männer und Frauen. Sie wird von ihnen verlangen, dass sie ihrer Tochter Esther ebenso vertrauen und ihr den gleichen Respekt erweisen.

Erst wenn das geregelt ist, kann sie ihrer Familie von ihrem Traum und ihrem Ruf in die Ferne erzählen. Und darauf will sie sich gut vorbereiten. Sie kleidet sich an und geht hinunter in den Innenhof. Es ist noch früh am Morgen und kühl, und doch sind alle Mägde und Knechte schon eine Weile bei der Arbeit.

Sie mahlen Körner zu Mehl, versorgen die Tiere, schöpfen Wasser aus dem eigenen Brunnen. Sie wird freundlich und ehrerbietig gegrüßt.

Kapitel 4 – Cybella im Darknet

Eigentlich heißt sie Nicole. Aber sie hasst diesen Namen, und sie hasst ihre Eltern dafür, dass sie ihr diesen Namen gegeben haben. Und das liegt unter anderem daran, dass ihre Mitschülerinnen das *e* in ihrem Namen immer ausgesprochen haben. Die „rote Nicole" haben sie gesagt. Weil sie rote Haare hat wie Marleen Lohse, die Schauspielerin, nur weniger gestylt. Und sie blickt ernster aus ihren blaugrünen Augen.

Jetzt ist sie 16, bald 17 Jahre alt. Sie macht eine Ausbildung zur Bürokauffrau, aber innerlich ist sie damit schon längst durch. Die Berufsschule, die Chefin im Betrieb, die ganzen Regeln – alles hängt ihr zum Halse raus. Eigentlich geht sie nur noch hin, weil sie rasch ihren Abschluss machen möchte, aber vor allem, weil sie Zugang zum Rechenzentrum der großen Firma hat. Sehr schnell hat sie die Lücken im Sicherheitssystem erkannt und sich Administratorinnenrechte verschafft, von denen niemand weiß. Sie könnte das ganze System zum Absturz bringen, aber das will sie nicht, sonst könnte sie nicht mehr diesen ganzen anderen *geilen Scheiß* machen, wie ihre Freunde sagen würden.

Ja, ihre Freunde, da wäre einmal dieser Computer Club, obwohl niemand mehr dieses Wort gebraucht. Cyber Surfer ist auch schon wieder out. Sie sagen nur noch *Cs*. Sie ist auf der ganzen

Welt vernetzt über Kanäle, die absolut sicher sind, oder zumindest scheinen, und wie das Ganze heißt, ist ihr ziemlich egal. Und da sind dann noch ein paar wenige Freundinnen und Freunde, damit sie nicht ganz den Bezug zur Reality verliert.

Cyberkriminalität? Nein, das Wort würden sie und ihre Freunde nie benutzen. Sie schauen, dass es ein bisschen gerechter auf dieser Welt im Netz zugeht. So denken auf jeden Fall ihre *Cs*. Deshalb hat sie auch den Namen *Cybella*, eine Zusammensetzung von Cyber und Bella, die Schöne. Aber das „Schön" bezieht sie nicht auf sich, sie will nicht „schön" sein, sondern eher auf ihre Fähigkeiten. Sie spielt schon ziemlich weit vorne mit. Im Darknet bewegt sie sich wie eine Tigerin im Dschungel. Wenn sie nachts an ihren Rechnern und Laptops sitzt – sie hat mehrere – dann ist sie in ihrer eigenen Welt, und die ist ihr ganz schön untertan.

Die kleine Wohnung im sechsten Stock eines Hochhauses ist ihre Kommandozentrale. Ihre Eltern haben sie ihr vor zwei Jahren gekauft, als sie es zu Hause nicht mehr ausgehalten hatte. Ihr Wohnzimmer gleicht eher einem Cockpit denn einem Wohnraum. Funktionalität, genug Steckdosen und Strom, mehrere schnelle Internetzugänge und im Sommer eine Klimaanlage, denn die Geräte heizen den Raum auf. Diese funktioniert mit einem Wärmetauscher, den sie selbst aus einer kleinen Wärmepumpe gebaut hat. Ihre Küche ist funktional eingerichtet. Alle elektrischen Geräte dort kann sie mit ihrer Stimme steuern – aber das ist für sie nur ein Gag.

Allein ihr Schlafzimmer hat sie sich gemütlich eingerichtet, es gleicht einer Wohnhöhle. Der Raum ist komplett mit dickem blauen Teppichboden ausgekleidet, auch die Decke und die

Wände. Die Matratze liegt auf dem Boden. Wenn das ihre Eltern sehen würden ... tun sie aber nicht. Überhaupt lässt sie niemand in ihre Wohnung. Partner will sie noch nicht und mit ihren wenigen Freunden und Freundinnen trifft sie sich woanders.

Wenn sie manchmal aus den Tiefen des weltweiten Netzes wieder auftaucht, dann kann sie es kaum fassen, dass es noch eine reale Welt gibt. Z.B. ihre Familie, Vater, Mutter und zwei ältere Brüder, die sie früher ziemlich genervt haben, weil sie sich als ihre Beschützer aufgespielt haben.

Dabei ist sie es, die ihre Brüder beschützen muss. Sven haben sie kürzlich mit 150 Gramm Marihuana erwischt. Nach einer kleinen „Intervention" von ihr war das Beweismittel plötzlich nicht mehr auffindbar. Es lag zwar immer noch an derselben Stelle in der Asservatenkammer, aber das Verwaltungsprogramm zeigte ein anderes Fach an, in dem nichts zu finden war...

Ihr Bruder Justin hatte Stress mit ein paar Typen aus Norddeutschland, weil er ihnen ein Auto verkauft hatte, das eigentlich nicht mehr fahrbereit gewesen war. Die wollten nicht nur das Geld zurück, sondern ihn auch verprügeln. Als sie versuchten seine Adresse ausfindig zu machen, waren auf einmal sämtliche Daten in sozialen Netzwerken und im Internet über ihn verschwunden. Justin war zwar erst ziemlich geschockt, dann sauer, aber merkte letztendlich die guten Seiten daran. ...

Aber jetzt nervte ihre Mutter sie wieder mit Weihnachten.

Du kommst doch Weihnachten nach Hause, gell? fragt sie bei jedem Telefonat. Weihnachten! Immer dieses bürgerliche Fest, mit

Gans und drei Gängen, edlem Geschirr, Alkohol und irgendwann hängen alle träge und vollgefressen auf den Sofas rum und schalten Netflix ein. Das will sie schon lange nicht mehr. Als Kind war es eine Zeit lang schön gewesen, da war noch Spannung und Erwartung von Überraschungen bei den Geschenken gewesen. Und das Christkind hatte sie immer fasziniert: So klein und bringt Geschenke für die ganze Welt...

Lasst mich mit diesem Gefühlskram in Ruhe! schreit sie ins Telefon und legt auf.

Kapitel 5 – Hannah, die Sternenseherin

Wenn da nicht diese Sehnsucht wäre! Jede Nacht liegt Hannah lange wach unterm Sternenzelt. So viele Lichter am Firmament. Welches Funkeln! Welche Pracht! Seit sie ein kleines Mädchen war, hat sie ihrem späteren Schwager Nebat zugesehen, wenn er des Nachts die Sterne und ihre Bahnen berechnete. Er war nicht nur ein guter Sternenbeobachter, er war auch ein Seher, ein Ratgeber. Er konnte manchmal erkennen, was auf ihre kleine Stadt und ihr Land zukam. Die Menschen fragten ihn um seinen Rat, wann sie ernten sollten, wann sie heiraten oder reisen, kaufen oder verkaufen sollten. Und dann ging er abends auf das Dach ihres Lehmhauses, kniete nieder und betete zum Gott Abrahams, Isaaks und Jakobs – und fand eine Antwort.

Später erzählte er Hannah einmal, dass das eigentlich das Wichtigste sei, das Anrufen Gottes. Dabei schaute er in den Himmel. Die Sterne lehrten ihn die Ehrfurcht vor der

Schöpfung und ihrem Schöpfer. Manchmal nahm er ein Rohr zu Hilfe, vor das er einen kleinen glasklaren Stein hielt. Den hatte er einmal von einem ägyptischen Händler gekauft, der mit seiner Karawane vorbeigezogen war. Lange wusste Hannah nicht, was es damit auf sich hatte.

Nebat heiratet ihre Schwester Sarah. Hannah selbst muss mit gerade einmal 13 Jahren einen Mann ehelichen, der sie bereits nach einem Jahr verlässt und wegzieht. Weil sie nicht schön genug war? Weil sie keine Kinder bekam? Sie weiß es nicht. Es hat sie traurig gemacht, aber auch ein bisschen froh. Denn sie mochte diesen Mann nicht, er war nicht freundlich zu ihr und zu ihrer Familie, er konnte ihrem Herzen nicht nahe sein.

Aber Jahwe hat sie mit vielen Nichten und Neffen gesegnet. Ihre sieben Geschwister haben zusammen 28 Kinder, die sie alle mit Namen kennt und die oft in ihrem Hause sind. Für manche ist sie mehr als eine Tante. Sie lehrt sie die wichtigen Dinge des Lebens. Sie dürfen bei ihr übernachten, sie spielt mit ihnen, wenn die Zeit in der Küche es zulässt. Denn als Kinderlose wird von ihr erwartet, dass sie wie eine Magd mitarbeitet. Aber da sie sich oft der vielen Kinder annimmt, muss sie nicht mit aufs Feld oder in die Olivenhaine und in der sengenden Sonne arbeiten.

In der größten Hitze sitzt sie oft mit einigen der kleinen Kinder im Schatten. Die Kinder möchten Geschichten hören. Und sie erzählt die alten Geschichten, die sie schon von ihrem Großvater gehört hat. Wenn sie auf seinem Schoß saß, malte er ihr die Geschichten des Volkes Israel in den buntesten Farben aus. Immer wieder und immer wieder neu. Von Jahwe sprach er oft. Eigentlich dürfe man seinen Namen nicht aussprechen, weil er so heilig sei. Aber Großvater fand, dass Jahwe bestimmt nichts dagegen hätte, wenn er der kleinen Hannah den Name verriete. Als sie anfing wieder und wieder zu fragen, wo denn Jahwe sei, sagte er: Überall! Dann nahm er ihre kleine Hand, legte sie auf sein Herz und sprach: Aber wichtig ist, dass er hier ist. Da nahm sie seine Hand, legte sie auf ihren Bauch und sagte: Und hier.

Hannah hat ein ruhiges Wesen, daher versteht sie sich mit den anderen Familien und natürlich mit den Kindern gut. Vor allem mag sie Jedida, die Frau ihres Bruders Gad. Sie sitzen oft beieinander in der Küche oder im Schatten vor dem Haus und abends, wenn die Kinder zur Ruhe gekommen sind, wenn der Tag sich neigt, ruhen sie sich auf dem Dach aus. Sie lachen miteinander, sie trösten einander, sie verstehen einander. Das Leben erweist sich ihnen mal voller Freude über neugeborene Kinder oder über Feste und Tanzen. Es ist aber auch manchmal hart und traurig. Fast jedes zweite Kind stirbt an einer Krankheit oder im Kindbett. Die Männer, die Brüder, die Väter ziehen in den Kampf oder gehen auf die Jagd und kommen nicht mehr zurück. Ernten fallen aus, Käfer befallen die Ölbäume ... Und dann geben sich die beiden Trost und Hoffnung oder halten einander einfach nur fest. Manchmal fragt sie sich, warum Frauen nicht miteinander verheiratet sein können...

Eine kleine Flucht aus ihrem anstrengenden Tag sind die Abende mit Nebat. Irgendwann fängt er an, ihr von den Sternen, dem Mond und den Himmelstränen, den Sternschnuppen, zu erzählen. Und da sie im Gegensatz zu seinen Kindern sich sehr interessiert und aufmerksam erweist, macht er sie nach und nach zu seiner Gehilfin. Er schreibt immer wieder

Sternenkonstellationen und Ereignisse auf, um sie zu deuten oder im nächsten Jahr zu miteinander zu vergleichen. Es ist für seine Augen sehr anstrengend, mal in den weiten Himmel zu schauen und dann wieder im Dunkeln auf eine Papyrusrolle zu schreiben. So lehrt Nebat sie die Buchstaben, Zahlen und später das Lesen, Schreiben und Rechnen.

Irgendwann beginnen die Augen von Nebat schlechter zu werden. Auch das Rohr mit dem Stein hilft ihm nicht mehr viel. So beginnt er Hannah von der Schöpfung zu erzählen, wie Gott am zweiten Tag das Himmelsgewölbe erschuf. Und wie er am vierten Tag die großen und kleinen Lichter schuf, damit sie Tag und Nacht regierten. Dazu gehörte auch das Heer der Sterne.

Hannah ist ganz erfüllt von diesem Wissen über das Firmament. Zum einen, weil es meist den Jungen und den Männern vorbehalten ist, solche Dinge zu lernen und zu verstehen. Doch von ihnen achten viele die Sterne nicht oder interessieren sich für andere Dinge. Zum anderen, weil ihr die Größe des Himmels und der Schöpfung klarer wird und sie tief innen zu ahnen beginnt, dass eine neue Zeit anbricht ...

Bald stellt sie Fragen an ihren Schwager, von denen er manche kaum beantworten kann:

Warum halten sich die meisten Sterne an die Regeln ihrer Bahnen, aber manche nicht?

Warum verändern manche Sterne ihre Helligkeit?

Warum ist der Mond manchmal halb, manchmal ganz und manchmal gar nicht zu sehen?

Der Morgenstern und der Abendstern sind gleich hell. Es ist aber immer nur einer von beiden zu sehen - ist es der gleiche Stern?

Auf manches weiß Nebat eine Antwort, auf vieles nicht. Und auch wenn er an die Grenzen seines Wissens kommt, so ist er doch ein wenig stolz auf Hannah, weil sie so viel von ihm gelernt hat und sich für noch viel mehr interessiert.

Jede Nacht aufs Neue liegt Hannah wach auf ihrem Lager und spürt tief in sich eine ungestillte Sehnsucht. Sie möchte hinaus, hinaus ins Weite, mehr lernen, mehr wissen, andere Sternendeuter kennenlernen. Sie hat von Schriften und Karten gehört, die ganz viel Wissen über die Welt beinhalten. Sie möchte fort, der Enge des Hauses und der kleinen Stadt entfliehen.

Kapitel 6 – Jacky schafft an

Jacky heißt eigentlich Denise. Groß, schlank, blond. Sie war mal mit 18 Weinkönigin. Beziehungsstatus: kompliziert. Studium der Soziologie: abgebrochen. Zukunft: Sie will was mit Menschen machen, irgendwie helfen, vielleicht Sozialarbeit. Oder was mit Kindern, obwohl... Jacky hatte eine Ausbildung zur Erzieherin begonnen. Bis sie die Blagen nicht mehr hören konnte. Dies Geschrei, die Rotznasen, das Popoabwischen und die Eltern, die von den Erzieherinnen forderten, die verzogenen Gören wieder gerade zu biegen. Nee!

Mittlerweile ist sie 25. Arbeitet halbtags in einer Boutique für Dessous und so. Tagsüber. Da ist nicht viel zu verdienen. Deshalb geht sie seit zwei Jahren anschaffen. Ihr Freund managet das und kriegt

30 Prozent. Sie macht besondere Sachen. Nichts mit Gewalt, aber was so in normalen Schlafzimmern eher selten stattfindet. Und sie verdient gut dabei, richtig gut. Und sie spart.

Wofür spart sie? Damit sie endlich glücklich wird? Wenn Du sie fragst, sagt sie sofort ja. Aber sie darf nicht zur Ruhe kommen. Sobald sie alleine zu Hause über ihre Zukunft, ihr Leben nachdenkt, kriegt sie das heulende Elend. Eigentlich, ganz tief innendrin, sehnt sie sich nach etwas anderem. Sie möchte als Mensch, als Persönlichkeit, als Ganzes gesehen werden, nicht nur als Körper und Vagina. Nach was sie sich sehnt? Sie weiß es nicht. Und das ist eigentlich noch schlimmer. So sehr sie gerne eines hätte - sie hat kein Ziel, keine Perspektive, keinen, der sich freut, wenn sie nach Hause kommt, der sie richtig liebt, und den sie liebt. Ein paar Mal hat sie schon daran gedacht ihr Leben einfach zu beenden. Schluss. Aus. Kein Tschüss. Vorbei. Wenn sie solche Gedanken hat, geht sie in eine Kirche. Sie weiß nicht, ob sie an Gott glaubt, aber vor der Marienstatue kniet sie nieder. Spricht mit dieser Frau, die so viel durchlitten hat... Und hat jedes Mal das Gefühl, diese Frau versteht sie, sie ist die Einzige, die sie in diesem Moment trösten kann.

Alle nennen sie Jacky, weil Du bei ihr immer aus ihrer Hausbar einen Whisky bekommst. Jack Daniels, mit oder ohne Eis. Sie weiß, das ist nicht ungefährlich. Sie weiß von „Kolleginnen", die in die Abhängigkeit von Alkohol und Drogen rutschten. Und dann bist Du schnell am Arsch und im Abgrund.

Ihr Freund Hanno ist irgendwie ok. Er beutet sie bis auf die 30 Prozent nicht wirklich aus, kümmert sich ein bisschen um sie, aber schläft nicht mehr mit ihr. Keine Zärtlichkeit wie früher. Sie vermutet, dass er sich in jemand anders verliebt hat, vielleicht in einer anderen Stadt. Jacky ist nicht so richtig traurig darüber, aber sie spürt trotzdem diesen Verlust von Vertrauen, von Vertrautheit, von der gemeinsamen Zukunft, die sie einmal geplant hatten, als sie noch verliebt waren.

Und jetzt kommt auch noch Weihnachten. Die Freier wollen da nicht nur Sex, sondern sie wollen auch reden. Sich ausquatschen, ausheulen. Entweder, weil sie sonst alleine wären, oder weil angeblich niemand sie mehr liebt und versteht...

Aber das hat sie eigentlich nicht im Programm. Dafür fühlt sie sich nicht gemacht. Das ist nicht der Deal. Da hätte sie auch Sozialarbeiterin oder Psychotante werden können.

Weihnachten würde sie selbst gerne anders erleben. Sie hat schöne Kindheitserinnerungen: Mit der Oma Gutsle backen, so sagt man nämlich im Badischen zu den Plätzchen, mit der Mama den Weihnachtsbaum schmücken, sich schick anziehen und gemeinsam im Münster in die Christmette gehen, Weihnachtslieder singen, Krippenspiel, Geschenke ... ja, das war schön. Und schon wieder spürt sie diesen Verlust. Wohin ist das alles verschwunden? Wie konnte sie das nur verlieren?

Kapitel 7 – Jael, die Stumme

Die junge Stute schreit. Jael kann sie von weitem hören. Sie springt aus ihrem Zelt, das sie am Rande der Wüste mit ihrem Nomadenstamm aufgebaut hat. Wieder hört sie das Schreien. Das kann nur das junge Pferd ihres Bruders Zahin sein, es hat noch keinen Namen. Meist veranstaltet er Rennen mit dieser Stute. Die Krieger bevorzugen zwar die größeren und stärkeren Hengste, aber die Stuten sind leichter, schneller, ausdauernder. Wieder hört sie das verzweifelte Wiehern. Sie erkennt jetzt die Richtung und läuft so schnell sie kann dorthin. Mit ihren 14 Sommern ist sie schnell, sehr schnell. Sie rennt allen andern davon. Hoffentlich ist Zahin nichts passiert – er ist oft ungestüm und nimmt wenig Rücksicht auf seine Gesundheit – und auf die der Tiere.

Endlich entdeckt sie die Stute. Sie ist in eine Dornenhecke geraten. Von ihrem Bruder weit und breit nichts zu sehen. Doch, da entdeckt sie Fußspuren von ihm. Und weitere Spuren von anderen Pferden. Sie schüttelt den Kopf. Wie es aussieht, haben die jungen Männer wieder ein Pferderennen veranstaltet, ihr Bruder ist mit der Stute in die Dornen geraten und hat sie einfach stehen lassen, als sie nicht mehr herauskonnte. Dem würde sie heute Abend gerne etwas erzählen. Aber sie kann nicht – denn sie kann nicht sprechen. Sie ist Jael, die Stumme.

Als sie sieben Jahre alt ist, da stirbt ihre geliebte Mutter Mariah. Die Auszehrung hatte sie befallen. Von Tag zu Tag nahm ihre Mutter ab. Jael versuchte ihr Nahrung und Wasser einzuflößen, aber sie konnte nichts bei sich behalten. Eines nachts weckte ihr Vater alle Kinder. Ihre Mutter war schon fast nicht mehr in dieser Welt, da schlug sie noch einmal die Augen auf und wollte etwas sagen, aber ihre Lippen formten nur noch ein letztes „Schalom", dann fiel ihr Kopf zur Seite. Alle weinten und schluchzten. Am nächsten Morgen konnte Jael nicht mehr sprechen.

Seither beobachtet sie die Menschen und Tiere in ihrer Umgebung genau. Sie sieht, wenn sie sich anders bewegen, ab- oder zunehmen, krank werden, immer begleitet von der Angst, sie könnten sterben – wie ihre Mutter. Mit den Jahren aber spürt sie auch, dass viele wieder gesund werden. Und sie beobachtet die meist erfahrenen alten Männer und Frauen, die heilende Hände haben. Sie verwenden Kräuter, Heilerde, Honig – alles Dinge, die, wie immer wieder erzählt wird, der Schöpfer selbst dafür hat gedeihen lassen.

Gerne hilft sie dabei, wenn wieder ein Sud, ein Öl, eine Auflage mit einem Tuch angefertigt wird. Und irgendwann darf sie wie selbstverständlich mitwirken. Was ihr fehlt, ist die Sprache. Und die ist wichtig. Ihre Tante, eine im Dorf angesehene Heilerin, befragt zuerst die Kranken. Denn das Benennen von Schmerzen, Hitze und Ausscheidungen hat eine wichtige Bedeutung und weist den Weg zur Behandlung. Aber dazu müsste Jael sprechen können.

Die Stute wiehert wieder. Jael nähert sich langsam dem jungen Pferd und macht dabei Laute, die kein Mensch verstehen würde. Denn das kann sie, summen und brummen. Das Tier beruhigt sich. Instinktiv spürt es, dass ihm niemand etwas Böses tun will. Jael zieht ihren Krummdolch heraus. Eigentlich dürfte sie den gar nicht haben, als junge Frau. Aber ihr Vater hat ihn ihr geschenkt, damit sie sich verteidigen kann, gegen wilde Tiere, Skorpione und Sklavenhändler.

Nun bahnt sie sich vorsichtig eine Schneise zu der Stute. Diese ist an der Brust und den Flanken verletzt und blutet. Zuerst berührt sie sachte das aufgeregte Tier. Dann beginnt sie Teile der

Sträucher abzuschneiden und vorsichtig aus den Wunden zu ziehen. Obwohl es bestimmt Schmerzen verursacht, schnaubt die Stute nur, hält aber still. Nach einer Weile ist es ihr gelungen, das Pferd frei zu schneiden. Nun muss sie es dazu bewegen, rückwärts aus der Hecke heraus zu gehen, ohne sich wieder zu verletzen. Obwohl das Pferd keine Zügel mehr hat, folgt es ihr zu den Zelten. Dort reinigt Jael die Wunden und legt Stoffbahnen auf, die sie festbindet, damit Insekten abgehalten werden. Sie hat das früh von ihrer Großmutter gelernt und weiß, welche Kräuter und Öle gut sind. Sie führt die Stute hinter das Frauenzelt, bindet sie fest und gibt ihr Wasser.

Das Fell der Stute ist fast so dunkel wie ihre eigene Haut. Hier, nahe der Wüste ist das ein guter Schutz, denn die Sonne brennt in der Mittagszeit erbarmungslos auf alle Lebewesen hernieder, auf gute und auf böse. Nun sehnt Jael die Dämmerung herbei.

Abends, nachdem sie den Vater und die Brüder bedient hat, setzt sie sich neben ihren Vater und lehnt sich an ihn. Eigentlich schickt sich das nicht. Aber da sie die einzige Tochter ist und diese Gewohnheit seit ihrer Kindheit pflegt, hat niemand etwas dagegen. Es sei denn es ist Besuch im Zelt...

Heute Abend fragt sie den Vater mit ein paar Bewegungen und Blicken, was er denn mit ihren Brüdern Aufregendes erlebt hat. Und der erzählt gerne von dem wilden Land und ihrem Nomadenleben. Als er dann stiller und schläfriger wird, beginnt sie mit Gesten und Lauten von der Stute zu erzählen. Alle im Zelt verstehen ihre Zeichensprache. Obwohl sie nicht anklagend ist, erntet der Älteste einen missbilligenden Blick von seinem Vater. Die Tiere sind zu wertvoll, um sie auf diese Weise zu vergeuden, gibt er Zahin zu verstehen.

Als sie lautlos beschreibt, dass sie die Stute behandelt hat, und dass es ihr besser geht, schaut sie ihrem Vater in die Augen. Er ahnt, was sie möchte, was ihr Herzenswunsch ist. Sie will schon immer ein eigenes Pferd haben. Er überlegt eine Weile. Mit einem nachdenklichen Nicken stimmt er dann zu. Nun würde sie am liebsten einen Freudenschrei ausstoßen, aber sie weiß, dass das ihre Brüder eifersüchtig machen würde. Also hebt sie sich den Schrei für später auf.

Sie wird der Stute einen Namen geben. Dann gehört sie vollends ihr. Sie überlegt eine Weile. Ja, Atada – die Dornige, das wäre ein guter Name. Sie geht hinaus und berührt dabei unbemerkt von den anderen die Schulter ihres Bruders Aaron. Er ist der jüngste Bruder und weiß sofort, was sie möchte. Er steht ebenfalls langsam auf und folgt ihr hinaus.

Im Dunkeln sollen Frauen nicht ohne Begleitung um die Zelte streichen. Er holt sie ein und sie führt ihn zu der Stute.

Er lacht und folgt ihr, neckt sie. Sie ringen eine Weile miteinander, wie sie es schon als Kinder getan haben. Dann sind sie bei der Stute. Diese schnaubt leise und zeigt ihre Freude am Wiedersehen. Jael weist Aaron auf die Verletzungen hin und schaut noch einmal nach den Verbänden. Dann summt sie der Stute ihren neuen Namen ins Ohr: Atada – ich habe Dich aus den Dornen gerettet. Atada spürt instinktiv, dass hier ein guter Mensch ist, der nicht unbedingt in der Mittagshitze das Letzte aus ihr herausholen will. Sie sollte sich irren.

Kapitel 8 – Linn und die Motorräder

Linn fährt gerne Motorrad. Nein, sie *liebt* Motorräder und Motorradfahren. Schon mit drei Jahren durfte sie auf der Maschine ihres Vaters mitfahren. Sie mochte diese Vibrationen, an den Rücken des Vaters geschmiegt sein, den Geruch von Leder, Benzin, Asphalt und Abgasen. Da war sie ihrem Vater und dem Motor ganz nahe. Er fuhr ab und zu bei Rennen mit. Das durfte sie natürlich nicht. Aber sie bewunderte ihren Vater, wenn er mit Trophäen und Filmen von der Helmkamera nach Hause kam und die Begeisterung aus seinen Augen sprühte.

Er zeigte Linn auch, wie man ein solches Gerät pflegt und wartet. Diese Gerüche von Metall, Gummi und Öl waren ihr vertrauter als Parfüm, Seife oder Deo. Fast jedes Wochenende schraubten und putzten sie an der Maschine, sehr zum Leidwesen ihrer Mutter, die gerne mehr als nur das Thema Motorrad im Familienleben gehabt hätte. Sie gründete zeitweilig sogar eine Selbsthilfegruppe für Frauen von fanatischen Motorradfans. Daraus ging dann eine Wandergruppe hervor, die sich jedes Wochenende bei Wind und Wetter auf eine neue Tour begab. Dort lernte sie einen netten Wanderführer kennen und zog zu ihm. Von da an musste Linn ein Wochenende wandern, dann durfte sie wieder ein Wochenende schrauben.

Bis zu diesem schwärzesten Tag in ihrem Leben. Ihr Vater verunglückte tödlich mit seiner Maschine. Eine Ölspur am Schauinsland im Schwarzwald wurde ihm, der immer auf Sicherheit bedacht war, zum Verhängnis. Mensch und Motorrad kamen in Schleudern, stürzten tief und zerschmetterten an den schroffen Felsen.

Ihren Vater durfte sie nicht mehr anschauen. Als sie das zerstörte Gerät sah, ahnte sie warum. Es war völlig verbogen, zerrissen, zerfetzt. Damals war Linn acht Jahre alt gewesen.

Von da an gab's nur noch Wandern. Auch ok. Der Wanderführer, Gerd hieß er, entpuppte sich glücklicherweise nicht als selbst ernannter Ersatzvater. Er wurde ein guter Freund, akzeptierte ihre Liebe zum Schrauben und Basteln.

Später hatte sie einen Trick, wie sie am Sonntagmorgen nicht mit auf Wandertour musste: Sie ging in die Kirche. Erst war es nur ein Vermeidungsverhalten. Aber dann spürte sie, wie jedes Mal ihr Herz aufging, wenn im Münster die Orgeln spielten, wenn gesungen wurde und … sie fühlte sich irgendwie ihrem Vater nahe.

Mit 17 lernt sie dann selbst Motorradfahren. Sie lässt sich ihre pechschwarzen Haare ganz kurz schneiden, damit der Helm gut passt. Aber auch wenn sie vorsichtig fährt, es ist einfach ein geiles Gefühl, 125 PS, das Brummen des Motors und den Tank zwischen den Beinen zu spüren. Und Du bezwingst die Pferdestärken, sie gehorchen Dir, Du bringst sie auf den Asphalt und die Technik unterwirft sich Dir. Wow - und dann auf Autobahnen und Landstraßen schon mal mit der Drehzahl bis zum Anschlag, das ist ein geiles Lebensgefühl.

Nach dem Kirchgang lernt sie einige Mitglieder ihrer jetzigen Motorrad-Gang kennen. Sie kommen auf dem Parkplatz ins Gespräch. Fachsimpeln, mal eine Runde drehen, noch was trinken. Und bald gibt es Verabredungen für gemeinsame Ausfahrten.

Linn hat dann Maschinenbau studiert, so wie ihr Vater. Inzwischen arbeitet sie bei einem Start-up-Unternehmen, das neue Elektroantriebe und Batterien entwickelt, auch für Motorräder. Obwohl es hier nicht nach Abgasen und Öl riecht, zu schrauben und zu schweißen gibt es genug. Metallbleche berechnen, bearbeiten, beherrschen, das gefällt ihr, das braucht sie. Und dann auf dem Nachhauseweg mit dem Motorrad eine Weile durch die Gegend cruisen und schließlich heimfahren.

In der Stadt fährt sie vorsichtig, vor allem, weil es da noch Kopfsteinpflaster und Straßenbahnschienen gibt. Selbst wenn es nicht geregnet hat, hier kann man besonders leicht stürzen.

Ausgerechnet gestern Abend fährt sie um eine Kurve vor der Brücke über den Fluss, als ihr jemand direkt vom Gehweg vors Motorrad läuft. Sie kann noch mit einem kleinen Schlenker Schlimmeres verhindern, stößt aber die Person zur Seite, zurück auf den Gehweg. Sie hält sofort an, aber bei den wenigen Schritten zu der auf dem Gehweg liegenden Frau tauchen die Bilder vom Unfall ihres Vaters wieder auf. Ein aufgerissener Tank, verbogener Lenker, zerbrochene Felgen. Warum war eigentlich kein Blut an der Maschine ihres Vaters?

Sie ist bei der Frau angekommen. Lieber Gott, bitte lass' der Frau nichts geschehen sein! Sie merkt erst gar nicht, dass sie die Frau mit den blonden Haaren anschreit, ob sie irgendeine Verletzung hat, ob sie bei Bewusstsein ist, und ob sie bescheuert ist, einfach auf die Straße zu laufen. Aber die Frau kann aufstehen, ist etwas durcheinander. Linn schaut sofort, ob sie irgendwelche verletzten Stellen, Blut oder Schlimmeres an ihr finden kann. Aber sie ist offensichtlich ok. Nun nimmt sie den Helm ab. Die fremde Frau umarmt sie. Nach einigen Worten tauschen sie ihre Visitenkarten aus. Dann fährt sie weiter. Irgendetwas lag in der Umarmung dieser Frau, das sie verwirrt. Kannten sie sich irgendwo her? Waren sie sich schon mal begegnet?

Kapitel 9 – Tabea, die Diebin

Tabea zerrt an ihren Fesseln. Sie haben Lederriemen genommen und sie an Händen und Füßen so gebunden, dass sie enger werden, wenn sie sich bewegt. Eigentlich wollte man sie gleich steinigen. Hand abhacken ist normalerweise die übliche Bestrafung, bei leichten Fällen auch auspeitschen. Aber sie hatte versucht ein Pferd zu stehlen, das wiegt schwerer, da kennen Beduinen keine Gnade. Und sie war erwischt worden. Zum ersten Mal in ihrem Leben und wahrscheinlich zum letzten Mal.

Tabea stammt aus eine Diebesfamilie mit langer Tradition. Eine Zeitlang hatten sie sogar etabliert in einer großen Stadt gewohnt. Waren wohltätig, nahmen am öffentlichen Leben teil und gingen ihrem Beruf in einer anderen Stadt nach. Aber ein gewisses Misstrauen spürte Tabea immer wieder im Umgang mit Menschen, die von ihrem Beruf wussten. Diebe und vor allem Diebinnen waren natürlich nicht gerne gesehen. Aber sie galten als ein anerkannter, wenn auch nur gelittener Berufsstand mit eigenen Regeln und Gesetzen. Ein Dieb würde nie einen anderen Dieb bestehlen, oder ihn verraten. Auch Menschen in der Nachbarschaft blieben unbehelligt. Im Gegenteil sie bekamen oft etwas vom „Gewinn" ab. Aber dann kam ein anderer Statthalter, der Diebe als Gesetzlose bezeichnete und sie gnadenlos verfolgte.

Schnell muss sie deshalb sein. Ihr Name bedeutet Gazelle. Selten kommt es vor, dass sie bei einem Diebstahl entdeckt wird. Dann aber heißt es: Rennen! Und das Diebesgut fallen lassen – dann geben die meisten Verfolger schon auf. Diesmal hatte sie Pech. Ein Fohlen kann man nicht fallen lassen. Jetzt kann sie nicht mehr wegrennen.

Aber diese Beduinen waren nicht die schlauesten, denn zum Steinigen brauchte man Steine. Und hier am Rande der Wüste gab es keine, jedenfalls nicht in der Abenddämmerung. Also hatten sie das Ganze auf den nächsten Morgen verschoben und sie gefesselt in einer Mulde hinter den Zelten abgelegt.

Trotz der Nachtkühle schwitzt sie. Wie hatte das passieren können? Von klein auf musste sie üben. Manchmal den ganzen Tag. Die letzten Jahre, Wochen und Monate gehen ihr durch den Kopf, während das Leder an ihren Händen und Füßen immer mehr anschwillt und jede Hoffnung auf Selbstbefreiung zunichte macht.

In Damaskus hatte sie gelernt alles zu stehlen, was sich entweder fürs tägliche Leben eignete, oder was sich zu Geld machen oder tauschen ließ. Allerdings wollte ihre Familie dadurch nie zu großem Reichtum gelangen. Auch galt es als unwürdig Arme zu bestehlen. Im Gegenteil, ihnen gab man ab, wenn man selbst genug hatte. Nach ihrer Ausbildung bei Vater, Mutter und älteren Brüdern, sowie einigen Onkeln und Tanten, sie waren allesamt gute Lehrmeisterinnen gewesen, hatte sie sich einer Jugendbande angeschlossen. Das war eine gute Zeit gewesen. Der Anführer der Diebe, Seth, verliebte sich in sie und so genoss sie viele Privilegien. Allerdings waren sie oft auf der Flucht und bald mussten sie Damaskus verlassen, weil der

Boden zu heiß wurde. Seth wurde dann bei einem Diebeszug gefangen und obwohl sie lange nach ihm suchte, hatte sie nie wieder etwas von ihm gehört. Das war das Schicksal der meisten Diebe. Irgendwann wurden sie doch gefasst. So wie sie jetzt. Wie konnte das nur passieren? fragt sie sich immer wieder.

Eigentlich kann sie gut mit Pferden umgehen. Aber dieses war wohl noch zu jung. Kaum saß sie darauf, rannte es nicht in die Richtung, in die Tabea wollte, sondern zurück zu den Zelten, weil es dort wohl das Muttertier vermutete. Und so landete sie mitten im Beduinendorf und wurde sofort gefesselt und verurteilt. Jetzt überkommt sie doch eine tiefe Verzweiflung und Todesangst. Sollte ihr kurzes Leben hier zuende sein?

Plötzlich knabbert etwas hinter ihrem Rücken an ihren Handfesseln. Ein Tier? Sie erschrickt. Wird sie von wilden Tieren aufgefressen, bevor der Morgen graut? Eine leise kleine Stimme macht

Schsch! Schsch!

Ein Kind? Sie bleibt still liegen. Ihr Herz beginnt zu klopfen. Nach einer scheinbaren Ewigkeit sind die Handriemen durchgebissen. Sie dreht sich um. Ein Junge, vielleicht 8 oder 9 Sommer alt, liegt hinter ihr auf dem Boden.

Warum tust Du das? flüstert sie.

Ich will nicht, dass Du toter Brei wirst, flüstert er zurück. Er stockt und erzählt weiter:

Vor ein paar Monden haben sie auf meine Tante ganz viele dicke Steine geworfen. Sie wollte mit einem anderen Mann weg. Sie haben so lange geworfen, bis nur noch blutiger Brei da war. Den haben sie mit Sand zugeschüttet und dann sind wir weitergezogen. Sie war meine Lieblingstante, und ich will so etwas nie wieder sehen müssen.

Tabea bewegt und reibt ihre Handgelenke, weil die Finger ganz taub geworden sind.

Danke, sagt sie leise zu dem Jungen.

Dann beginnt sie ihre Fußfesseln zu lösen. Wie heißt Du? fragt sie ihn.

Dan, antwortet er, Dan, das heißt gerecht.

Sie flüstert ihm ins Ohr: Ich heiße Tabea, das heißt Gazelle.

Sie gibt ihm einen Kuss. Mehr habe ich leider nicht für Dich.

Er schlingt seine kleinen Arme um sie und haucht in ihr Ohr. Bitte bleib! Kannst Du nicht meine neue Tante sein?

Sie schüttelt traurig den Kopf, ich würde gern, aber ich muss fort. Sie hält ihn eine Weile im Arm, beginnt ihn zu wiegen. Dann flüstert sie: In welche Richtung kann ich laufen?

Immer in diese Richtung, er zeigt nach Norden, da findest Du eine Karawanenstraße.

Tabea fasst neue Hoffnung. Sollte sie durch diesen Jungen dem Tode entronnen sein? Sie drückt ihn noch einmal an sich und er schmiegt sein Köpfchen an ihren Hals. Ein Gefühl flutet ihren

Unterleib. Könnte sie auch schon Mutter sein? Dann schiebt sie Dan und diesen Gedanken schnell von sich.

Danke, flüstert sie noch einmal, und verwisch Deine Spuren hierher.

Das macht schon der Wind, sagt er traurig.

Dann schnappt sie sich ihren alten Umhang, den man ihr gelassen hat, und schleicht sich davon, erst ein Stück in Richtung Osten, falls doch noch Spuren bleiben, und dann nach Norden. Dort ist ein heller Stern zu sehen. Sie folgt ihm. Sie achtet auf ihre Füße, hier kann es Schlangen und Skorpione geben. Ein neues seltsames Gefühl durchströmt sie. Diese Befreiung, ein neues Leben und ein Stern, der ihr den Weg weist...

Kapitel 10 – Anna

Anna ist eine lebenserfahrene und weise Frau. Rational und doch intuitiv, mit viel Wissen, aber auch einem tiefen Glauben. Wer sie sieht, hat den Eindruck einer Märchenfee mit Holzfällerhänden zu begegnen. Sie besitzt starke Hände, denn sie lebt seit einigen Jahren im Südschwarzwald auf diesem Bauernhof, den sie von ihren Eltern geerbt hat und bewirtschaftet ihn alleine. Allerdings hat sie vor ein paar Jahren die Waldwirtschaft aufgegeben. Aber sie kann immer noch Holz hacken, ihren Garten pflegen und alles im Haus alleine erledigen.

Den Hof hat sie kaum modernisieren lassen. Es gibt zwar warmes Wasser, aber nur wenige Steckdosen, auch kein Internet und kaum Handy-Empfang. Ein ausgefahrener, gar nicht so übler Weg führt zu ihrem Hof, den sie mit ein paar Hühnern teilt. Der Postbote kommt gerne zu ihr. Ein junger Mann mit einem Ziegenbärtchen, der ihr nicht nur einmal in der Woche Briefe, Zeitungen, meist einen Karton mit ein paar Lebensmitteln und ein Paket mit Büchern bringt, nein, er erzählt ihr auch von seinem Leben und seinen Träumen. Und er freut sich, wenn sie ihm diese deuten kann.

Wer sonst zu ihr kommt, hat sich verirrt, vom Navi an der Nase herumführen lassen oder einen Geheimtipp bekommen. Und wer zu Ihr kommt, braucht Zeit. Und das halten viele Menschen kaum noch aus: Zeit haben, ohne WWW, ohne Chat-Verlauf und Instagram. Empfang gibt es nur für die, die 100 Meter bis zum nächsten Hügel laufen. Ein „Balken" reicht gerade zum Telefonieren oder SMS verschicken. Auch esoterische oder ähnliche Menschen bleiben nicht. Sie verschwinden meist schon nach einem Tag wieder, weil Anna nichts Besonderes „macht". Bei ihr kommen Menschen zur Ruhe und beginnen sich selbst zu begegnen.

Heute Morgen, als Anna gerade das Haus lüftet, bleibt sie plötzlich stehen. Das Haus nimmt Geräusche vom Wald auf, die Vögel fliegen anders. Die Erde bewegt sich anders. Ihr Herz schlägt anders. Sie spürt, es kommen außergewöhnliche Tage.

Wenn Menschen kommen, dann ist es fast immer eine Überraschung für sie. Und sie weiß, dass sie bald kommen werden. Freude erfüllt sie. Vorfreude. Es ist Mitte Dezember. Advent. Eine Zeit der Vorbereitung. Die ersten Schneeflocken sind schon gefallen, aber nicht liegen geblieben. Anna ahnt, dass es bald mehr geben wird, mehr als nur Schnee…

Als wieder der nette Postbote erscheint, erzählt er ihr, dass jedes Mal, wenn er auf ihren Hof fährt, es ihm vorkommt, als betrete er eine andere Welt. Sie schmunzelt. Vielleicht stimmt das ja.

Anna hat viel erlebt in ihrem Leben. Nach ihrem Studium ist sie in der Welt herumgereist. War erst in den Staaten, wo sie einen Mann, auch einen Psychologen, kennengelernt und sich zusammen mit ihm weiter ausgebildet hat. Sie trennten sich allerdings bald wieder. Dann kamen die Selbsterfahrungsgruppen mit diversen Gurus. Einige Monate hat sie in Poona in Indien verbracht, wo sie aber nach kurzer Zeit enttäuscht wieder abreiste, weil sie alles dort zu kommerzialisiert empfand.

Aber irgendwann wollte sie wieder in ihre Heimat zurück und begann eine Therapie. Dann ging sie an die Universität, promovierte, bekam einen Lehrstuhl angeboten und begann selbst zu therapieren, erst in Gruppen, später nur noch einzeln. Sie schrieb Bücher über die Träume von Männern und Frauen.

Was ihr nie gefehlt hat, war eine Ehe oder ein Partner. Sie hat viele Freundinnen und Freunde, ist nie einsam, und als sie beruflich noch viel mit Menschen zusammen war, freute sie sich immer über die Zeit des Alleinseins, der Ruhe, der Stille.

… Und dann kommen sie. Die Erwarteten. Sie hatte schon die Befürchtung, dass es archaisch zugehen würde, Menschen mit Wanderrucksack, zu Pferd oder mit Eselskarren. Aber nein – das erste, was sie hört, ist ein lautes Geknatter und Gebrumme. Motorräder? Sie schaut hinaus.

Kapitel 11 – Linn mit ihrer Gang

Mit ihrer Motorradgang fährt Linn heute durch den Schwarzwald. Meistens sind sie zu sechst oder siebt unterwegs. Neue Wege erkunden, irgendwo einkehren, wo ginge das besser als in diesen Bergen?

Kurz vor Todtnau verfahren sie sich. Mit Navi wäre das vielleicht nicht passiert. Aber Navis sind in ihrer Gang verpönt. Die Karte hat auf dem Tank befestigt zu sein. Sie landen auf einem Waldweg und gelangen am Ende zu einem alten Bauernhaus. Weil davor ein großer weiter Hof liegt, drehen sie ein paar Runden in dem Kies, wobei ein Schmutzfontäne sich über die Eingangstreppe ergießt. Übermütig lassen sie die Motoren richtig aufheulen, weil sie denken, dass in diesem alten Gebäude bestimmt niemand mehr wohnt.

Da kommt plötzlich eine ältere Frau heraus. In ihrem weißen Kleid und ihren weißgrauen Haaren ist sie eine eindrucksvolle Erscheinung. Wenn sie Flügel gehabt hätte, denkt Linn, wäre sie glatt als Engel durchgegangen. Sie schaut ernst, aber nicht verärgert, eher erwartungsvoll. Sie steigt langsam, fast schwebt sie, Stufe für Stufe die Treppe hinunter – wie eine Königin. Die Motorradfahrer sind verblüfft und stellen die Motoren ihrer Maschinen ab. Was wird jetzt geschehen?

Ehe sie „sorry" oder so etwas sagen können, geht die Frau zu jedem hin und drückt kräftig die Hand. Dabei wünscht sie mit lauter Stimme „gesegnete Adventszeit". Unter ihren Helmen murmeln alle etwas, was klingen könnte wie „ebenfalls". Nach einer kurzen unsicheren Pause setzen sie sich ein wenig verwirrt auf ihre Geräte und fahren ohne großen Lärm vom Platz.

Linn fährt als letzte vom Hof und hat das Gefühl, sie ist hier noch nicht fertig, sie muss hier noch etwas erledigen. Aber was? Nach ein paar Minuten auf dem Rückweg stoppt sie ihre Maschine. Über das Headset, mit dem sie mit allen Mitfahrenden verbunden ist, ruft sie:

Fahrt schon mal vor – ich komme nach, wir sehen uns später!

Irgendetwas zieht an ihr, seit sie von der Frau mit dem weißen Kleid weggefahren sind. Sie muss zurück. Sie dreht um und fährt zurück zum Schwarzwaldhof, der jetzt wieder ruhig daliegt.

Bald hält Linn wieder vor der Treppe, diesmal mit weniger Lärm. Sie steigt ab und beginnt mit einem Besen, der an der Stalltür lehnt, die Treppe zu reinigen. Einige Minuten später öffnet sich die Tür und die weiß bekleidete Frau steht erneut vor ihr, bittet sie, doch hinein zu kommen.

Drinnen nimmt Linn ihren Helm ab, schüttelt die schwarzen Haare, nimmt ein Haargummiband vom Handgelenk und formt einen kleinen Pferdeschwanz. Dann ruft sie:

Sie sind ja echt der Hammer!

Anna hebt fragend eine Augenbraue.

Ja, wie Sie ohne Schiss da rausgekommen sind und jedem einen starken Händedruck gegeben haben! Und wie Sie gemerkt haben, dass ich eine Frau bin. Wie machen Sie das bloß?

Ich heiße Anna. Wir können uns gerne duzen. Sie macht eine Pause. Ich habe auf Dich gewartet, sagt sie, leg ruhig Deine Kluft ab, Linn.

Was? Wie kann das sein? Linn ist irritiert: Woher wissen Sie, äh, weißt Du – meinen Namen?

Anna schmunzelt, der steht auf Deinem Helm. Sie schaut sie eine Weile ruhig an, dann fragt sie: Was machst Du am Heiligen Abend?

Linn ist überrascht, mit dieser Frage hat sie nicht gerechnet. Sie antwortet: Äh, nix – also ich hab' noch nicht drüber nachgedacht. Mit den Kumpels abhängen? antwortet sie.

Ich lade Dich ein, mit uns *abzuhängen*, lächelt Anna.

Jo, ich weiß nicht so recht... Sie beginnt ihre Lederkleidung abzulegen und schaut sich um. Wow, sagt sie, tolle Bude. Voll schwarzwaldmäßig. Gemütlich. Sind noch mehr Leute hier?

Noch nicht, antwortet Anna. Aber bald werden wir mehr sein. Ich habe das Gefühl, Du weißt noch jemand, der hierherkommen möchte.

Ich? Ja also, sie überlegt, also von meinen Kumpels ... eher nicht. Ich denk drüber nach. Weihnachten ist ja schon bald. Übernachten ist inclusive, oder?

Anna lacht und nickt.

Linn hört plötzlich ein Geräusch, es klingt wie ein entferntes Wiehern. Sie lauscht noch einmal. Hast Du Pferde hier? fragt sie.

Nein, lacht Anna wiederum, aber vielleicht magst Du Dein „Pferd", in den Stall schieben, wenn Du wiederkommst? Gleich links ums Haus herum ist eine große Scheune.

Da war doch ein Wiehern! denkt sie, als sie wieder hinaus geht. In ihrem Rücken kribbelt es. Und im Augenwinkel sieht sie wie scheinbar in Zeitlupe eine Frau auf einem schwarzen Pferd hinter der Scheune verschwindet. Sie rennt hin, aber da ist nichts mehr zu sehen. Die Frau hatte ein wehendes hellbraunes Gewand an. Hab' ich Halluzinationen? fragt sie sich.

Linn besteigt dann ihr „Pferd" und rast los. Vollgas. Wieso hat sie es so eilig? Sie ist innerlich aufgewühlt von diesem Erlebnis, ja, aber was treibt sie so an? Sie zwingt sich langsamer zu fahren, schaltet herunter, geht ganz sanft in die nächste Linkskurve – und da liegt etwas auf der Straße! Sie muss scharf bremsen und kommt gerade noch vor den Wildschweinen zum Stehen. Wenn sie jetzt schneller gewesen wäre! Sie hätte nur ins Gelände ausweichen können. Und das hätte Absturz bedeutet, in die Tiefe… Wieder tauchen die grauenvollen Bilder vom zerstörten Motorrad ihres Vaters auf.

Kapitel 12 – Deborah bricht auf

Es ist gut als Fürstin im Wohlstand zu leben, ein Geschenk des Himmels und vieler Jahre harter Arbeit, denkt sie. Will sie das aufgeben? Für eine ungewisse Reise?

Nun ist es in ihrer Familie Sitte und gute Tradition vom Reichtum abzugeben und zu teilen. Meist werden die beschenkt, die ein schweres Schicksal haben oder die Schutz und Unterstützung brauchen. In diesem Jahr spürt sie, da ist noch ein Mensch, der beschenkt werden soll. Aber sie weiß nicht, wer. Vielleicht begegnet sie ihm oder ihr auf der Reise.

Wen wird sie zu Ihrer Sicherheit als Begleitung mitnehmen? Während sie noch diesen Gedanken nachhängt, wendet sie sich den ersten Bittstellern zu, die schon im Eingangsbereich warten...

Einige Tage später ist ihr Entschluss gefasst: Sie rüstet sich für den Abschied und eine längere Reise. Der Fürst des Friedens lässt ihr keine Ruhe. Sie kann und will sich nicht länger seinem Ruf verschließen. Außerdem ist da jetzt dieser Stern am Himmel aufgetaucht. Er leuchtet auf eine besondere Weise. Viele Menschen sind deshalb beunruhigt. Bringt er Unheil? Schicksalsschläge? Oder bricht eine neue Zeit an?

Deborah ist zuversichtlich, dass sie diesem Stern folgen kann. Sie hat ihre Geschäfte endlich ihrer Tochter übergeben. Sie weiß alles bei ihr in guten Händen, und sie möchte auch irgendwann wieder zurückkehren um deren Erfolg zu sehen.

Sie wählt zwei erfahrene Männer, Enoch und Abiel, zwei Knechte, als Begleitung, denn das Gestirn weist in die

Himmelsrichtung, in der die Sonne nie steht. Das bedeutet, sie müssen durch unwegsames, wenig bewohntes und vielleicht gefährliches Land. Sie nehmen zwei Kamele mit, eins zum Tragen der Lasten, ein Kamel für sie selbst...

Ja, sie ist aufgeregt, bang und euphorisch zugleich, sie bricht tatsächlich auf! Der Stern aus dem Traum, sie wird ihm entgegen ziehen...

Am Abend gibt es ein Abschiedsfest mit Lachen und mit vielen Tränen. Sie hat den neuen Wein freigegeben, so dass die Zungen und die Herzen leichter werden, der Weggang nicht so schwerfällt. Es wird sogar gesungen und getanzt. Beim Aufbruch im Morgengrauen liegen die meisten noch in tiefem Schlaf auf ihren Lagern. Enoch und Abiel sind auch noch müde und haben Mühe beim Packen und Geschirren der Tiere. Aber dann sind sie auf ihrem Weg, als die Sonne ihre ersten warmen Strahlen sendet.

Unterwegs träumt Deborah jetzt jede Nacht – dabei begegnet ihr immer wieder schemenhaft eine Frau, die so ganz anders gekleidet ist. Sie sagt nichts, sie ist einfach nur da... Sie nimmt sich vor, ihr im nächsten Traum etwas zuzurufen, vielleicht: Shalom, wohin führt *Dich* der Stern?

Und Geschenke hat sie mitgenommen. Nicht viele, kleine Schmuckstücke aus Aurum (Gold) und wertvolle Heilmittel: Olibanum gegen Entzündungen, schweren Atem und zur Beruhigung, Myrrhe gegen Geschwülste im Mund und auf der Haut.

Eines Abends, sie sind lange mit einer Karawane durch eine wüste und trockene Landschaft gewandert, gelangen sie an eine Oase. Es ist jedes Mal ein erhebendes Gefühl, mitten in der Wüste Wasser, Grün und Palmen zu finden. Allerdings sind sie nicht die einzigen Menschen mit ihren Tieren. Das trübt das Hochgefühl ein wenig, denn es gibt viel und lautes Geschrei. Aber ihre Begleiter finden am Rand der Oase einen guten Platz, an dem sie ihr Zelt aufbauen. Währenddessen sucht sie nach dem jungen Mädchen, das sie unterwegs ein paar Mal beobachtet hat. Es machte einen unsteten Eindruck. War sie alleine? Wurde sie verfolgt? An einer abgelegenen Stelle findet sie sie. Das Mädchen erschrickt sehr. Sie lädt sie zu ihrem Zelt ein. Nur zögernd folgt es ihr...

Kapitel 13 – Tabea und die Karawane

Die Karawane nähert sich. Tabea hat sich hinter ein paar Felsen versteckt, direkt am Karawanenpfad. Und da kommt sie. Erst der Staub und der Flugsand, dann das Schreien der Kameltreiber, das Klappern von Kesseln und Kandelabern, ein Gemisch aus Trommeln und Pfeifen, Singen und Stimmen in allen möglichen Sprachen und Tonlagen. Die Hunde haben Tabea sogleich entdeckt. Sie bellen, aber da sie das ständig tun, fällt es nicht weiter auf. Und sie kann gut mit Hunden umgehen. Sie verhält sich so, dass die Tiere das Interesse verlieren und gleich weiter rennen. Dann, als der Staub am dichtesten ist, als die Kamele, Pferde, Karren und Menschen fast vorbei sind, kommt sie aus ihrem Versteck. Sie tut so, als ob sie sich nur erleichtern musste und jetzt wieder mitläuft. Sie kann sich ausgezeichnet Situationen anpassen, sich unsichtbar machen. Keiner käme auf die Idee, dass sie nicht dazu gehörte.

Bis auf eine Frau auf einem Kamel, die sehr gut Menschen und Tiere beobachten kann.

Am Abend gelangt die Karawane an eine Oase. Es herrscht ein großes Tohuwabohu. Jede möchte ihre Wasservorräte zuerst auffüllen, seine Tiere tränken um dann zu schauen, was sonst noch in der Karawanserei angeboten wird. Ein großes Gedränge ist entstanden. Nur die Erfahrenen warten geduldig am Rande des Geschehens. Sie wissen, in dieser Oase ist das Wasser noch nie ausgegangen. Hier und da kommt es auch zu Geschrei, weil entweder Verkäuferinnen Datteln oder andere Waren anpreisen, oder weil Reiter von Pferden und Kamelen aneinandergeraten. Es staubt und es stinkt. Der Duft von Dung mischt sich mit Schweißgeruch, mischt sich mit Gewürzen, ranzigen Ölen und dann wieder mit wohlriechenden Essenzen.

Dieses Durcheinander wäre eigentlich ein Fest für Diebinnen. Aber Tabea will vorsichtig sein. Zum einen weiß sie nicht, ob jemand sie erkennt, zum anderen gibt es in einer Oase nicht viele Fluchtmöglichkeiten, weil sich rings umher nur Wüste erstreckt. Außerdem muss sie sich erst einmal wieder eine Grundausstattung zulegen. Wasserbeutel aus Ziegenleder, getrocknete Früchte und Salz. Obwohl man ihr alles bis auf ihre Kleidung, ihren Umhang und ein Kopftuch abgenommen hat, ist sie nicht mittellos. Jede ihrer Sandalen enthält zwischen den Lederschichten eine kleine Münze, links eine goldene, rechts eine silberne, alles Beute aus früheren Zeiten. In ihren dunklen Haaren versteckt sich eine goldene Spange und in ihrem Mund hat sie in einem Zahn einen kleinen Edelstein versteckt. Den muss sie vor dem Essen von harten Dingen herausnehmen. Sie hat ihn schon zweimal verschluckt, konnte ihn aber wiederfinden.

Die Begegnung

Für die Dinge, die sie jetzt benötigt, reicht die Silbermünze. Als sie hinter ein paar Dattelpalmen gerade ihre rechte Sandale auszieht, steht plötzlich eine Frau vor ihr. Sie erschrickt zu Tode, will sofort fliehen, aber die Frau sagt:

Hab' keine Angst.

Der Tonfall lässt Tabea innehalten. Sie schaut die Frau, die jetzt ihren Schleier lüftet, genauer an. Sie ist hochgewachsen, sieht gepflegt aus, trägt wenigen, aber wertvollen Schmuck, was sie mit erfahrenem Blick sofort feststellt. Sie könnte eine Fürstin sein. Und – sie strahlt eine mütterliche Strenge aus – wie ihre eigene Mutter.

Ich bin Deborah. Ich beobachte Dich schon eine Weile und spüre, dass Du auf der Flucht bist.

Ihr irrt Euch, erwidert Tabea.

Aber will sie diese Frau, die ihre Mutter sein könnte, belügen? Irgendetwas in deren Augen ist so ehrlich, friedlich und ungewöhnlich. Sie fährt fort:

Ich bin nicht auf der Flucht. Ich laufe um mein Leben! Sie schluckt. Man will mich töten.

Iss mit mir zu Abend, lädt Deborah sie ein, bei mir bist Du sicher. Dann werden wir weitersehen. Mein Zelt ist nur wenige Schritte entfernt.

Tabea zieht immer noch etwas misstrauisch ihre Sandale wieder an.

Ich vertraue niemandem, sagt sie leise.

Sie erschrickt noch einmal, als sie sieht, dass vor Deborahs Zelt zwei Männer sitzen. Aber diese gibt den beiden einen Wink und sie gesellen sich zu den anderen Männern, die sich um einen Musiker und eine Bauchtänzerin geschart haben.

Tabea kann auch tanzen. Die Frauen ihrer Familie brachten ihr das schon bei, als sie noch ein kleines Mädchen war. Sobald Musik ertönt oder jemand singt, fangen ihre Füße, ja, ihr ganzer Körper fängt an sich zu bewegen und daraus wird dann ein Tanz. Er ist nur für sie selbst, sie verliert sich darin und hört erst auf, wenn die Musik endet. Alle, die zuschauen sind wie verzaubert und sie hinterlässt in den Menschen eine stille Sehnsucht. Die Sehnsucht, sich auch so frei bewegen zu können. Die Sehnsucht mit diesem schönen Mädchen zusammen zu tanzen...

Aber heute Abend geht es nicht. Sie setzt sich zu der Fürstin und versucht, sich nicht der Musik hinzugeben. Die Frau will ihr anscheinend wirklich nichts Böses. Sie lassen sich im Zelt auf zwei kleinen Teppichen nieder. Solche hat Tabea auch schon erbeutet und gewinnbringend verkauft. Sie weiß noch nicht, ob Deborah zu denen gehört, die man bestiehlt oder die man eher unbestohlen lässt.

Die Fürstin bietet ihr allerlei Schalen mit Früchten, getrocknetem Fleisch und Fladenbrot an. Sie greift erst zögernd, dann herzhaft zu. Es gibt frisches kühles Wasser aus einem Tonkrug.

So gut hat Tabea schon lange nicht mehr gegessen. Währenddessen beginnt die Fürstin zu erzählen. Sie spricht von einem Stern, dem sie folgt, einer Sehnsucht im Herzen und von einem Ziel, das sie noch nicht kennt. Auch Tabea erzählt ein wenig, weil sie spürt, dass Deborah von ihr erfahren möchte, warum sie auf der Flucht ist. Aber sie hält sich zurück, möchte noch nichts von sich preisgeben.

Kapitel 14 – Cybella und der Hirsch

Ja, mit den aufregenden und angesagten Typen aus dem Cyberspace wäre Cybella gerne zusammen. Aber die meisten kennen sich im realen Leben nicht, sie begegnen sich so gut wie nie. Keine weiß, wer der andere wirklich ist. Sie kennt höchstens deren Avatare. Einmal hatte sie sich darauf eingelassen *Spooky Turkey* zu treffen, weil der richtig coole Texte schrieb und ein Gedicht für sie gemacht hatte. Aber dann entpuppte er sich als dicker Sofa-Zombie, 40 Jahre alt, ungepflegt, nur Junk Food fressend und in der Wohnung alles zugemüllt. Nicht mal aufgeräumt für sie...bah! Er hat dann wohl gemerkt, dass es auf der Straße des realen Lebens anders zugeht als in der virtuellen Realität. Und sie merkte, dass sie aufpassen sollte, nicht auch so zu enden.

Deshalb hat sie angefangen zu joggen. Jeden Tag. Das war hart. Ihr Körper wehrte sich. Er war nur noch sitzen gewohnt. Alles tat ihr weh, sie verkühlte sich, wurde krank. Außerdem wollte sie keine bunte Funktionskleidung tragen. Aber sie biss sich durch. Bis heute.

Heute läuft sie nicht um Strecke zu machen, sondern solange sie sich wohl dabei fühlt. Und die Tagesform ihres Körpers ist logischerweise jeden Tag anders. Sie genießt die Natur. Endlich bekommt sie die Jahreszeiten mit, ihre Sinne hören Vögel, die sie vorher niemals wahrgenommen hat, spüren Wärme und Kälte, riechen den Boden, den Wald und die Luft. Wenn sie sich dann an ihren PC setzt, fühlt sie sich kraftvoll, geerdet und gewinnt zu manchen Dingen im Darknet eine neue Distanz...

Manchmal verlässt sie die Stadt und die ausgetretenen bekannten Wege. Sie fährt mit ihrem Polo hinaus ins Umland. Sobald sie dort die Pfade kennt, sucht sie sich eine neue Gegend. Kürzlich hat sie den nahe gelegenen Schwarzwald entdeckt. Was sie wundert ist, dass sie dort nur selten Menschen begegnet. Wandert denn niemand mehr? Die Wege sind gut ausgeschildert und die Region wirbt doch mit ihren Wanderlandschaften. Egal – sie läuft vergnügt drauf los. Und falls sie sich wirklich einmal verläuft, so hat das Navi in ihrem Smartphone mit GPS immer den kürzesten Rückweg für sie.

Nur heute fühlt sich alles anders an. Obwohl es schon recht kühl hier oben ist, probiert sie einen neuen Weg. Die Jacke hat sie sich um die Hüfte gebunden, denn beim Laufen kommt sie schnell auf ihre optimale Betriebstemperatur. Reif liegt auf den Blättern, das Laub auf dem Pfad knirscht, weil es mit feinen Eiskristallen bedeckt ist. Sie genießt die klare Luft, spürt die geschmeidigen Bewegungen ihrer Muskeln. Ihre rotblonden Haare versucht sie mit einem Stirnband im Zaum zu halten. Ein paar Tautröpfchen haben sich darin verfangen, sie glitzern in der Wintersonne. Keine

Zivilisationsgeräusche mehr, ein Bach plätschert in der Nähe, ein Eichelhäher warnt mit lautem Krächzen. Vor ihr?

Sie ist schon ein paar Kilometer gelaufen, da bricht plötzlich mit lautem Krachen ein Tier aus dem Unterholz. Ein Hirsch! Beide bleiben wie angewurzelt stehen. Es ist ein Rothirsch – er hat ein riesiges Geweih. Sie fällt aus allen Himmeln. Er ist wohl genau so erstaunt wie sie. Sie schauen sich an, aus ihrem Mund, aus seinem Maul geht stoßweise der Atem und kondensiert in der Luft zu feinem Nebel.

Welche Schönheit, denkt sie. Sie sieht die Muskeln des Tieres angespannt spielen, es ist zum Sprung bereit, es könnte sofort einen riesigen Satz machen und wieder verschwinden. Aber der Hirsch wartet noch. Ebenso Cybella. Sie wagt nicht sich zu bewegen, nur ihre Brust hebt und senkt sich. Sie schaut in das eine Auge des Hirsches, das andere ist von ihr abgewandt. Die Silhouette des Tieres hat etwas Gewaltiges, etwas Überragendes, etwas Heiliges, etwas Reines, etwas Unaussprechliches. Der Hirsch verschwimmt plötzlich vor ihrem Gesicht. Tränen füllen ihre Augen. Sie fühlt sich auf einmal diesem Tier so nahe. Etwas in ihr umarmt ihn, vereinigt sich mit ihm, irgendetwas von ihm geht auf sie über. Eine Stärke, eine Kraft, eine Lebensfreude. Die Tränen kullern aus ihren Augen und sie sieht wieder etwas klarer.

Ich weiß nicht, was da gerade passiert, aber danke dafür, sagt sie leise.

Als ob der Hirsch ihre Worte gehört hätte, gibt er der Spannung in seinen Muskeln und Gelenken nach und springt mit einigen gewaltigen Sätzen in den Wald. Sie hört noch eine Weile das

Knacken von Zweigen im Unterholz, dann ist er fort und die Stille kehrt zurück. Nur langsam gelangen die Waldgeräusche zurück an Cybellas Ohren.

Schade! Sie hätte noch eine Weile still schauen können. Ganz benommen von dieser Begegnung joggt sie weiter, ist das noch ihr Weg? Sie weiß es nicht. Alles in ihr ist aufgewühlt. Dieses Tier, diese Reinheit, Unberührtheit, Natürlichkeit, Kraft und Stärke... es weiß bestimmt, wo es hin will. Und sie? Sie läuft hier mit Plastikkleidung, Laufschuhen und Smartphone mit Navi durch die Natur ... weiß sie, wohin sie will? Sie schüttelt den Kopf. Irgendwann kommt sie wieder zu sich. Wie lange ist sie eigentlich so vor sich hingelaufen? Und in welche Richtung?

Kapitel 15 – Hannah, Haron und die Liebe

Seit einigen Monden funkeln die Sterne mit besonderer Pracht. Die Tage waren sehr heiß und nur langsam kann sich die Kühle der Nacht ausbreiten. Etwas ist anders am Himmel. Ist es der Komet, der schon seit Tagen einen großen Teil des Firmaments bedeckt? Sind es die wandernden Sterne, die nicht fix wie die Sternbilder bleiben, sind es besondere Konstellationen? Ist es der Stern, der plötzlich heller als sonst leuchtet? Von Nebat weiß Hannah, dass bei außerordentlichen Sternbewegungen etwas Außergewöhnliches geschehen wird. Nur – was? Wie kann sie es herausfinden? Sie kann ihn nicht mehr fragen, denn Nebat ist bereits gestorben. Wer könnte ihr Antworten geben?

In der folgenden Nacht hat Hannah einen Traum:
Eine Löwin, ein Lamm, ein Pferd und ein Adler finden an einer

*Wassertränke zusammen. Sie schauen sie an. Sie sprechen zu
ihr, rufen nach ihr, aber sie kann sie nicht hören. Ist es eine andere Sprache? Sind ihre Ohren taub? Es ist, als wollten sie ihr
etwas sagen, aber sie weiß nicht, was.*

Sie wünscht sich, dass sie noch einmal von ihnen träumt. Und
dann ist da wieder ein Ziehen in ihrer Brust und eine Sehnsucht in ihrem Herzen. So bleibt es die ganzen kommenden
Tage.

Langsam verstärkt sich ein Gedanke in ihrem Kopf. Und nun
weiß sie es, ja, sie ist sich sicher – sie will fort – sie muss fort
von hier. Es ist nicht nur, dass sie hinaus will, mehr erleben
will, nein, sie fühlt, dass da ein Rufen ist. Sind es die Sterne, die
sagen: Komm, Hannah, komm!?

Sie trägt es noch eine Weile mit sich herum, aber eines Abends
erzählt sie es Jedida. Diese ist zuerst bestürzt, dann traurig.
Aber sie versucht zu verstehen. Sie spürt, wie wichtig diese Ahnungen für Hannah sind. Sie braucht eine Weile, aber dann hilft
sie mit. Sie planen gemeinsam Hannahs Abreise. Es muss erst
einmal heimlich geschehen, denn niemand würde sie so einfach ziehen lassen, die Männer der Familien und vor allem die
Kinder nicht. Hannah verspricht, zurückzukommen, sobald
ihre Mission erfüllt ist.

Haron, ein Lehrer, wird sie begleiten, denn als Frau kann sie
nicht alleine reisen. Er ist ungebunden und kommt aus Grie-
chenland. Er kann lesen und schreiben. Aber nicht nur das.
Wenn er auf einen zukommt, ist man froh, wenn er mit seinen
Muskeln rechtzeitig stehen bleibt. Er ist für die Ausbildung der
Jungen und für ihre körperliche Ertüchtigung zuständig. Er

trägt einen Krummsäbel und einen Dolch. Er wird sie beschützen. Er selbst ist froh etwas anderes erleben zu können und freut sich über die Abwechslung. Wohin soll die Reise gehen? Haron wird in den Zweck der Reise nicht eingeweiht, er weiß nur, dass er sie zu Verwandten bringt und dann wird er umkehren.

Die Sterne sollen Hannah den Weg weisen. Denn eine ungewöhnliche Sternenstellung bahnt sich an, das hat sie nicht nur berechnet, das kann sie auch tief im Innern spüren, das ist vielleicht der Grund für all ihre Sehnsucht.

Auch das Rohr mit der kleinen Kristallkugel, das Nebat ihr vermacht hat, nimmt sie mit. So kann Hannah jeden Abend den Kurs neu berechnen und muss sich nicht festlegen. Aber wie kann sie sich tagsüber orientieren? Schilder und Straßennamen gibt es nur in großen Orten oder zu bedeutenden Städten und Stätten. Lesen können die meisten Menschen nicht. Also redet man miteinander und beschreibt Wege und Orte. Durch die vielen unterschiedlichen Schilderungen entstehen Bilder und Karten im Kopf. Hannah macht die Erfahrung, dass es einen Unterschied macht, ob Haron reisende Männer oder Hannah sesshafte Frauen fragt. Die Darstellungen sind sehr unterschiedlich, aber sie ergänzen sich meist zu einem gemeinsamen Bild, das sie zum Ziele lenkt.

Pilgerpfade, Handelsstraßen und inzwischen gut ausgebaute römische Heerstraßen führen durch das Land. Wenn man die römischen Zahlen kennt, kann man sich schon zurechtfinden. All das lernt Hannah jetzt kennen. Sehr störend und empörend findet sie die Zollstationen.

Die Zöllner müssen vor den Regierungsbeamten buckeln und ihre Abgaben machen. Dafür sind sie dann bei den einfachen Bauern und Händlerinnen nicht so freundlich und hauen sie schon mal kräftig übers Ohr. Beliebt sind sie deshalb nicht. Frauen werden auch gerne mal gründlicher durchsucht als es sich ziemt. Gut, dass Haron dabei ist, der starrt den Zöllner nur zornig an oder legt die Hand an den Dolch. Dann werden sie schnell weitergewinkt. Bei dem nächsten unanständigen Zöllner probiert Hannah das zornige Anstarren selbst aus – und siehe, es funktioniert. Sie wird selbstsicherer.

Sie will auch einen Dolch haben. Das wird nicht gerne gesehen, aber sie entdeckt immer wieder mal eine Händlerin oder eine andere stolze Frau, bei der sie den Dolch unterm Gewand erkennt. Eines Morgens fragt sie Haron, ob er ihr einen Dolch besorgen kann. Er ist zuerst verblüfft und schüttelt mit dem Kopf. Aber nicht, weil er ihr keinen zutrauen würde, sondern, so erklärt er ihr, dass sie dann auch lernen müsse, damit umzugehen.

Dann zeig es mir, ruft sie ihm lachend zu.

Am nächsten Tag drückt er ihr etwas in die Hand. Einen Dolch.

Der ist ja aus Holz, sagt Hannah enttäuscht.

Der ist zum Üben, antwortet Haron.

Jeden Abend zeigt er ihr nun weit abseits der Zelte, hinter den Felsen, wie ein Dolch zu führen ist. Dazu werfen sie die langen Gewänder ab, um sich schneller bewegen zu können. Sie kommt Haron beim Kämpfen näher als sonst und sie spürt, dass sich das zwar ungebührlich, aber auch gut anfühlt.

Sie wird immer besser und schneller beim Führen des Dolches. Haron ist ein guter Lehrer und zeigt ihr seine Bewunderung. Am nächsten Abend kommt sie beim Kampf auf ihm zu sitzen. Er könnte sie leicht abwerfen, tut es aber nicht. Sie schiebt sein Untergewand beiseite und legt ihren Kopf auf seine behaarte Brust. Sie atmen schwer. Ihr Zyklus sagt ihr, dass sie heute Nacht nicht schwanger werden kann. Dann lässt sie ihren Körper und ihr Herz sprechen.

Am darauffolgenden Tag erwirbt Haron einen echten Dolch für sie. Der kommt aus Damaskus, ist verziert und muss ein Vermögen gekostet haben. Sie spürt seine Liebe nicht nur in dieser Geste. Auch sie vertraut nun nicht mehr nur ihrem Verlangen, sondern auch ihrem Herzen. Es hat eine Heimat gefunden. Von da an teilen sie das Nachtlager.

Kapitel 16 – Jackys Unfall

In diesem Jahr hat sie keinen Bock auf Weihnachten! Die Eltern leben inzwischen getrennt in Norddeutschland. Wenn sie die Mutter besucht, will die immer sofort etwas von ihr. Reden darüber, ob sie eine gute Mutter war, Verständnis, dass sie wieder geheiratet hat. Zum neuen Mann „Papa" sagen. Und Denise soll endlich was aus sich machen. Heiraten zum Beispiel, soll ihr Enkel schenken, bla, bla, bla.

Oma ist kürzlich gestorben, der Opa schon vor langer Zeit, ihr Bruder wohnt inzwischen auf Mallorca. Ihr Noch-Freund Hanno hat schon verkündet, dass er „dringend" nach Berlin muss, wahrscheinlich zu seiner neuen Flamme. Na toll! Noch mal Verlust.

Jacky will gerade losheulen, da klopft etwas an ihr Fenster. Sie erschrickt. Wer kann im 3. Stock an ihr Fenster klopfen? Sie öffnet es, ein Vogel fliegt vom Fensterbrett fort. Bleib, denkt sie. Ja, jetzt ein Vogel sein und einfach fortfliegen. Sie beugt sich hinaus, weit, weiter. Nein – das wird sie jetzt nicht tun! Aber sie schnuppert in die kühle Abendluft, denkt, sie muss hier mal raus. Sie bekommt in der Wohnung nicht mehr genug Luft. Sie schaltet das rote Herz im Fenster aus, schnappt sich einen dunklen Mantel, springt die Treppen hinunter auf die Straße und will am Fluss entlanglaufen. Sein Rauschen hören. Durchatmen. Kopf frei kriegen. Reset. Weihnachtstraurigkeitsgedanken abschütteln...

Als sie die Straße überquert, ist sie so voller schwerer Gedanken, dass sie das Motorrad nicht bemerkt, das gar nicht mal schnell, der Motor im niedertourigen Bereich, gar nicht mal leise, von links kommt. Es erfasst sie am Oberschenkel und schleudert sie zurück auf den Gehweg. Benommen bleibt sie liegen. Auf dem kalten Boden. Es tut gar nichts weh. Ist sie tot? Nein, sie hört die Straßenbahn in einiger Entfernung vorbeirumpeln. Aber wie konnte das passieren?

Da beugt sich ein Motorradhelm über sie. Mit aufgerissenen Augen schaut eine junge Frau sie daraus an. Sie nimmt ihren Helm ab.

Alles in Ordnung? Können Sie atmen? Spüren Sie Ihre Beine? schreit die Frau.

Also meine Ohren sind ok, antwortet Jacky, hilf mir lieber mal auf.

Die Motorradfrau reicht ihr die Hand. Als Jacky steht, schüttelt sie sich, ja, sie schüttelt etwas von sich ab. Den Dreck der Straße, aber auch die dunklen Gedanken. Sie spürt sich, spürt wie die Frau mit den dunklen langen Haaren sie untersucht, ob irgendwo Blut ist. Jacky spürt wieder ihr Leben. Ja, sie lebt noch! Spontan umarmt sie die Frau. Steckt ihre Nase tief in deren Lederkragen. Die Motorradfahrerin ist nun auch erleichtert, dass nicht mehr passiert ist. Etwas zögernd löst sie sich. Vielleicht ein paar blaue Flecken und verschmutzte Kleidung...

Die Frau steckt ihr eine Visitenkarte in die Jackentasche: Wenn noch was ist, rufen Sie mich an, ich muss weiter.

Ja, is klar, antwortet Jacky, warten Sie! Umständlich kramt sie in ihrem Mantel. Hier ist auch meine Karte...

Sie weiß zwar nicht, warum sie der anderen ihre Karte gibt, weil, ihr ist ja nichts passiert, aber sie tut es einfach.

Am Fluss ist sie nun eine Weile gelaufen, ihr wird langsam kalt. Und Knie, Hüfte und Oberschenkel beginnen jetzt doch zu schmerzen. Wieso hat sie das vorhin nicht gespürt? Schock? Adrenalin? Sie muss sich auf eine Bank setzen. Schiebt die Hände tief in den Mantel, entdeckt die Karte von der Motorradfrau. Linn heißt sie. Sie zieht ihr Handy heraus und wählt die Nummer.

Nach einer Weile meldet sich eine bekannte laute Stimme: Hallo?

Äh, ich bin's. Die Dir vorhin vors Motorrad gelaufen ist. Tut mir leid... Sach' mal, Linn, bist Du hier in der Nähe und kannst mich auflesen? Ich kann nicht mehr richtig laufen.

Shit! kommt es aus dem kleinen Lautsprecher des Smartphones. Wo stecken Sie?

Zehn Minuten später haben sie sich gefunden.

Die Motorradfahrerin ist bis zu der Bank gefahren. Sie hat einen zweiten Helm für sie dabei und hilft ihr auf den Soziussitz.

Sie fahren zu Jacky. Die gießt erst einmal zwei Whisky ein. Dann zieht sie ihre Hose aus.

Scheiße, ganz schön blaue Flecken, entfährt es ihr.

Die Größe und Farbe findet auch Linn jetzt etwas besorgniserregend:

Ui, da brauchen wir wohl einen Verband. Haben Sie – äh, hast Du irgendwelche Salben da? Sie hat sich noch nicht an das „Du" gewöhnt.

Linn schaut sich verwundert um. Viel Rot und Rosa, gedämpftes Licht und ein riesiges rundes Bett, ein Spiegel an der Decke. Und es riecht wie in einer Douglasfiliale.

Bevor Du fragst, wendet sich Jacky an sie, ja, das ist mein kleiner Privatpuff.

Jetzt ist Linn sprachlos: Du meinst …

Ja, mach' ich nebenberuflich, eigentlich bin ich Verkäuferin und noch eigentlicher wollt' ich Soziologie studieren. Aber sowas Ähnliches mache ich ja jetzt auch – Sozialarbeit – nur halt ohne Studium. Sie grinst. Ich verdien' auf jeden Fall mehr als jede

Sozialarbeiterin und wahrscheinlich hab' ich sogar mehr Sex als die. Jetzt lacht sie laut.

Ich bin beeindruckt, murmelt Linn.

Ihre Augen wandern wieder zu Jacky, deren Gesichtsausdruck allerdings nicht ihren lockeren Sprüchen entspricht. Ihr Gesicht wirkt angespannt, sie scheint dem Weinen näher zu sein als dem Lachen.

Aber irgendwie spüre ich in letzter Zeit, sagt Jacky mit einem leichten Flattern in der Stimme und nach einem tiefen Schluck, dass das nicht das Leben ist, was ich möchte. Aber wenn Du mich fragst, was ich für Wünsche und Träume hab', dann fällt mir nichts ein. Dann ist da Leere... Sie starrt vor sich hin. Und jetzt kommt auch noch Weihnachten, und die Freier wollen sich alle bei mir ausheulen. Sie seufzt. Und ich? Was mach ich hier eigentlich? Wo heul ich? Aber ich weiß auch nicht, warum ich Dir das alles erzähle...

Linn liegt viel auf der Zunge, aber was davon könnte Jacky jetzt erreichen, ihr helfen? Und ist sie nicht selbst immer wieder mit diesen Sinnfragen konfrontiert? Sie schüttelt sich, um die trüben Gedanken loszuwerden.

Kapitel 17 – Jaels Flucht

Jael wacht einige Tage später mitten in der Nacht auf. Hat sie etwas gehört? Nein, es ist ganz still draußen. Ab und zu blökt leise ein Schaf, schnaubt ein Pferd, wälzt sich jemand auf seiner Matte. Leise steht sie auf, schlingt ein Tuch um sich und geht hinaus. Barfuß hört niemand ihre Schritte im Sand. Wieder zieht es sie zu Atada. Sie Stute bläst leise den Atem aus und drängt ihren Kopf an sie. Jael schlingt ihre Arme um den Pferdehals. Sie mag den Geruch, die Wärme, die Muskeln.

Dann schaut sie hinauf in den sternenklaren Himmel. Wie groß muss Jahwe sein, dass er diese vielen Lichter erschaffen kann? Jedes einzelne hat er dort oben festgemacht. Eine Sehnsucht erwacht in ihr. Sie weiß noch nicht wonach... Oft blickt sie zu den Sternen. Ob sie alle einen Namen haben? Einige kennt sie. Da, Formalhaut, das Maul des Fisches. Sie weiß, dass die Sterne immer wieder verlässlich am Himmel zu sehen sind. Nur sie und ihr Volk müssen weiterziehen, sind dauernd in Bewegung. Aber die Sterne ziehen immer mit. Selten bleiben die Nomaden länger als eine Handvoll Tage am gleichen Ort. Höchstens, wenn mal ein Fest stattfindet oder jemand stirbt oder geboren wird. Sie brauchen einen Gott, der ihnen zuverlässig Rat gibt, der mit ihnen wandert. Nicht wie die Astrologen und Handleserinnen, die es auch bei ihnen gibt. Einen Gott, der sich in den alten Geschichten zeigt oder auch verbirgt, aber dem sie vertrauen können.

Aber diese Sehnsucht heute Nacht ist eine andere. Auch wenn sie noch jung ist, hat sie sich schon verliebt. Sie legt die Hand auf ihr Herz. Da wären Nathaniel oder Laban gewesen, zwei starke junge Männer, aber die wollten eine Frau, die sprechen kann. Muss sie nun warten, bis sich jemand erbarmt eine Stumme zur Frau zu nehmen?

Jedoch, heute Nacht fühlt ihre Sehnsucht noch etwas Anderes, etwas Besonderes. Ist es, dass sie endlich ein Pferd ihr Eigen nennen darf? Sind es die Sterne, die so ganz besonders klar funkeln? Sie spürt: Irgendetwas da draußen zieht an ihr, ruft sie. Aber wohin?

Jael fröstelt, sie verabschiedet sich von Atada und schleicht wieder zurück in ihr Zelt, hüllt sich in ihre Tücher ein. In dieser Nacht hat sie einen Traum:

Sie reitet auf Atada über eine Hochebene. Auf dem kraftvollen Rücken ist sie ganz eins mit dem Tier. Ein heller Stern leuchtet über dem Horizont. Die Stute ist erst in Trab gefallen, dann beginnt sie zu galoppieren. Sie reiten dem Stern entgegen, immer schneller, immer schneller. Fühlt sich Atada gehetzt? Jael schaut sich um. Ja, da sind auf einmal schnelle wilde Tiere hinter ihnen. Sie sehen unheilvoller aus als Hyänen und Wölfe: furchterregende Kreaturen, die sie nun verfolgen. Sie zählt acht oder neun, die zusehends näherkommen. Sie braucht die Stute nicht anzutreiben, sie weiß von selbst, dass sie nun alles geben muss. Da hört Jael plötzlich ein Wimmern. Wo kommt das her? Obwohl der Wind ihr entgegenbläst, spürt sie etwas Warmes an ihrer Brust. Sie blickt in ihr flatterndes Gewand und da liegt ein Säugling, der durch den Pferderücken hin und her geschüttelt wird. Er schaut sie mit großen wasserhellen Augen an, Augen so hell, wie sie sie noch nie gesehen hat. Sie flehen: Hilf mir! Halte mich! Seine Händchen strecken sich ihr entgegen.

Schnell presst sie das Kind an sich und schließt das Tuch wieder. Ja, denkt sie, ich halte Dich, ich rette Dich, Du kannst Dich auf mich verlassen! Sie presst der Stute ihre nackten Füße in die Seiten. Diese zeigt nun all ihre Kraft und der Wind saust ihnen um die Ohren. Doch vor ihnen endet jäh der Weg, tut sich plötzlich eine Schlucht auf, ein Abgrund, der schnell immer näherkommt.

Sie müssen sofort anhalten, wenn sie nicht samt Kind hineinstürzen wollen!

Doch hinter ihnen holen die Kreaturen auf. Ein kurzer Blick zurück lässt sie erschaudern, denn rote Augen und riesige speichelnde Mäuler mit scharfen übergroßen Fangzähnen kommen immer näher. Vor ihnen sind es nur noch wenige Sprünge bis zum Abgrund. Sie schreit – im Traum hat sie plötzlich eine kräftige laute Stimme: Atada, gib acht! Einen heißen Atem und das Aufeinanderschlagen von geifernden Zähnen spürt sie noch hinter sich. Dann sind sie auch schon in die Schlucht gesprungen. Sie bedauert, dass das Leben des Säuglings so kurz sein musste. Und auch ihres sieht sie an sich vorüberziehen. Das Gesicht ihrer Mutter, die Schulter ihres Vaters und ihre Brüder...

Da rauscht und flattert es rechts und links neben ihr. Sie sieht, wie Atada plötzlich riesige Schwingen aufgefaltet hat, ähnlich den Flügeln eines Adlers. Die Stute schwingt sich kraftvoll damit in die Höhe. Jael krallt sich mit einer Hand in der Mähne des Pferdes fest, mit der anderen drückt sie das Kind an sich. Sie schaut zurück und sieht die Kreaturen mit einem furchtbar schrecklichen Gebrüll in die Schlucht stürzen, dann verhallt ihr Jaulen.

Sie fliegen weiter in die Höhe, dem hellen Stern entgegen. So etwas kann nur ein starker Gott, denkt sie. Ganz leicht fühlt sie sich auf einmal. Ein wunderbares Gefühl von Leben durchströmt und erfüllt sie. Die Strahlen des Lichts erhellen ihr Gesicht ...

... sie erwacht, weil die Sonne durch einen Spalt des Zeltes auf sie fällt. Sie ist geblendet. Dann merkt sie, dass Atada nicht mehr da ist. Sie fasst nach ihrer Brust – auch das Kind ist fort. Aber sie spürt noch die Wärme dort. Wessen Kind war das? Es hatte so wunderbare Augen. Es war so schutzbedürftig. Sie empfindet ein tiefes Verlangen, dieses Kind wiederzusehen.

Wem kann sie von diesem Traum erzählen? Kann sie wieder sprechen? Sie öffnet ihren Mund, aber es kommen nur unverständliche Laute heraus. Keinem Menschen kann sie davon erzählen. Nur Jahwe, das weiß sie, hört ihre Gedanken. Aber warum hilft Er ihr nicht?

Sie würde so gerne diese hellen Augen wiederfinden. Wohin wollte sie im Traum mit dem Kind fliegen?

Wenige Tage später zeigt sich, dass Atadas Wunden gut verheilen und sie schwingt sich ohne Sattel auf den Rücken der Stute. Diese tänzelt zuerst hin und her, überrascht, dass wieder jemand auf ihr sitzt. Aber dieses Mädchen ist leichter, hat ihr Gutes getan und sie spürt, dass es das auch weiterhin tun wird. Außerdem kann sie sich endlich wieder einmal schnell bewegen...

Vor Jaels Augen taucht in den kommenden Tagen immer wieder der Traum auf. Sie weiß, sie muss fort, sie will das Kind und das Licht wiederzufinden. Deshalb weiht sie ihren Bruder Aaron ein. Er braucht eine Weile um zu verstehen. Und er will es ihr ausreden, beschwört sie, nichts Unbedachtes oder Gefährliches zu tun. Sie macht ihm klar, dass er mitkommen muss. Nach langem Zögern schließlich planen sie ihren gemeinsamen Fortgang, ohne dass es jemand bemerken soll. Denn Aaron weiß, er muss seine Schwester begleiten, er will sie nicht nur beschützen, sondern muss ihr auch eine Stimme geben...

Alle im Zeltdorf sind plötzlich in Aufruhr. Raubtiere, die jede Nacht Schafe und Ziegen reißen, machen den Männern zu schaffen. Hunde werden an Leinen genommen, Waffen geschärft und vorbereitet. So bekommt die Familie von den Reisevorbereitungen der Geschwister nichts mit. Ein ständiges Lärmen, Bellen und Rufen erfüllt die Luft bis tief in die Nacht hinein.

Noch vor Anbruch des neuen Tages, als alle anderen endlich erschöpft in den Zelten schlafen, brechen sie auf. Nicht ohne eine Nachricht zu hinterlassen: Aaron erzählt es am Abend der Großmutter, die eine Weile braucht, bis sie versteht, und die erst am nächsten Tag davon erzählen wird und auch erst dann, wenn man sie fragt.

Kapitel 18 – Tabeas Traum

Nachts schreckt Tabea hoch. Ihr Herz schlägt wie wild. Sofort fasst sie nach ihren Hand- und Fußgelenken. Nein – sie ist nicht gefesselt. Sie lauscht. Das Zelt ist unterteilt in vier Kammern. In einer schläft die Fürstin, in einer anderen einer der Männer – der andere wacht am Zelteingang – und in einer Kammer schläft sie, allerdings ist es jetzt mit Schlafen vorbei. Ihr Herz und ihre Gedanken wollen nicht zur Ruhe kommen. Bilder von Fesseln, vom Steinigen tauchen auf. Soll sie fliehen? Diese Zuflucht hier verlassen? Sie zögert. Da ist noch etwas, ein Geräusch ... sie hört ein leises Weinen. Tabea steht auf und schleicht zum Eingang. Die Wache ist sitzend eingenickt. Lautlos – das kann eine Diebin perfekt – bewegt sie sich an dem Mann vorbei. Wieder hört sie das Weinen. Ein Kind? Ein

Säugling? Sie folgt den Lauten, die sie nicht zu einem Zelt, sondern hinaus aus der Oase führen. Ihre Augen und Ohren sind in der Dunkelheit geschärft. Nur die Sterne funkeln, der Mond ist bereits untergegangen. Nach wenigen Schritten nimmt sie einen Strauch wahr. Das Weinen ist in ein Wimmern übergegangen. Tabea nähert sich vorsichtig und geräuschlos. Die Laute erreichen ihr Herz. Was ist nur los mit ihr? Und da sieht sie die Quelle der traurigen Töne:

Ein kleines Etwas liegt im Sand, unbekleidet und wimmert. Einem starken Antrieb folgend nimmt sie es in den Arm. Ist das ein kleines Kind, das sich jetzt an sie schmiegt? Es friert und instinktiv drückt sie es an ihre Brust und bedeckt es mit ihrem Gewand. Sie beginnt es zu wiegen und summt eine alte Melodie, die sie von ihrer Großmutter oft gehört hat. Das Wesen beruhigt sich, scheint einzuschlafen. Sie schaut in den Himmel, wo ungezählte Sterne funkeln. Einer ist auffällig hell. Ein Schauern durchfährt sie. Während Tabea den Stern fixiert, wird auch sie müde. Sie rollt sich hinter dem Busch in den Sand, das Kleine eng an sich gedrückt und schläft ebenfalls ein.

Warme Sonnenstrahlen auf ihrem Rücken lassen sie wach werden. Der Sand, der Strauch – die letzte Nacht fällt ihr wieder ein. Ein Schreck – das Kind! Etwas bewegt sich unter ihrem Gewand an ihrem Bauch. Sie öffnet es und da liegt, dicht an sie geschmiegt – ein Lamm! Es schaut sie an und macht zufrieden: Mäh!

Wo ist ihr Kind? Sie schaut sich um. Wie kann das sein? Ehe sie weiter nachdenken kann, sieht sie einen Hirten auf sich zukommen.

Da ist es, ruft er schon von weitem. Danke, danke, dass Du es gefunden hast! Sie hebt ihm das Lamm entgegen und zeigt ihm, wo sie es gefunden hat. Der Hirte greift in seinen Beutel, holt eine Handvoll Datteln hervor und drückt sie ihr dankbar in die Hand. Dann schreitet er mit seinem Tier davon und lässt sie wort- und ratlos zurück. Sie fühlt mit der Hand an ihren Bauch, der jetzt nicht mehr gewärmt wird.

Mit traurigen Schritten trottet sie zurück zum Zelt der Fürstin, die schon davor sitzt und Tee trinkt. Sie scheint sich zu freuen, sie wiederzusehen.

Ich befürchtete, dass Du Dich aus dem Staub gemacht hast, sagt sie.

Tabea schüttelt den Kopf und erzählt von dem weinenden Kind, dem Lamm und dem Stern. Die Fürstin, wie hieß sie noch mal? Ja, Deborah. Sie erklärt ihr, dass das eine Bedeutung haben kann, wie Träume immer eine Bedeutung haben. Und dieser Stern, dem folge sie auch schon eine Weile. Er will etwas Besonderes, etwas Neues zeigen, etwas, das über das eigene Leben hinaus Bedeutung hat.

Welche? fragt Tabea, ich glaube nicht an die Sterne und auch sonst an nichts. Und Träume hatte ich bisher nur schlechte. Was soll denn ein Stern hier unten auf der Erde bedeuten?

Lass es uns gemeinsam herausfinden, antwortet Deborah. Ich glaube, dass die Sterne und ihr Licht uns leiten möchten, weil sich dahinter etwas Größeres verbirgt. Ich will wissen, wohin dieser Stern führt. Tief in mir drin fühle ich eine Sehnsucht, die ich nicht erklären kann, die mich aber dem Stern folgen lässt.

In Tabea regt sich Widerspruch, aber sie spürt immer noch dieses Kind an ihrem Bauch und den Wunsch, diesem Kind zu helfen, ihm nahe zu sein, es zu beschützen ...

Gut, sagt Tabea, ich möchte auch herausfinden, was es mit dem Traum und dem Stern auf sich hat. Aber ich will die Freiheit, jederzeit alleine weiter zu ziehen.

Das schätze ich an Dir, antwortet Deborah, Deinen Drang nach Unabhängigkeit und Deine Ehrlichkeit. Und ich denke, Du hast noch viele andere Fähigkeiten. Sie schmunzelt.

Tabea fühlt sich seltsam sicher in der Nähe dieser Frau. Sie will ihr nichts Arges, will sie nicht erziehen, fordert nichts für ihren Schutz.

Ja, woher kommen die Träume? Haben sie etwas mit einem Gott zu tun? Bisher ist sie ganz gut ohne ihn ausgekommen. Natürlich muss da irgendwo ein Gott sein – irgendwer hat das ja alles geschaffen. Aber ein Gott, der sich persönlich um sie kümmert? So wie ein Vater? Wieso sollte er? Warum sollte er sich um eine Diebin kümmern? Hat er es bisher getan? Ist er es, der die Träume schickt? Hat Er einen Namen?

Ihr eigener Vater hatte einen Namen. „Scheich" haben alle zu ihm gesagt, sogar seine Kinder. Aber er war eigentlich wirklich mehr Scheich als Vater. Sie hat sich von ihrem Vater immer Nähe gewünscht. Aber er nahm sie nie auf den Arm, geschweige denn in den Arm. Er schaute sie auch nie richtig an. Sie war nur eins seiner vielen Kinder und – sie war ein Mädchen. Lange Zeit versuchte sie wie ihre Brüder zu sein, versuchte ihm zu gefallen, hatte damit aber keinen Erfolg. Und nach einer sehr kurzen Kindheit lebte sie mit ihren Geschwistern fast nur noch auf der Straße, lernte das Diebeshandwerk und später sich alleine durchzuschlagen. Lange hat sie sich nach einem Vater gesehnt, einem, der immer als Vater da sein sollte, einem *ewigen Vater*. Ob das Gott sein kann?

Als die Fürstin aufbricht, folgt sie ihr, nicht ohne vorher in der Oase ein paar Einkäufe gemacht zu haben.

Sie kommen nur langsam voran, da sie zu Fuß gehen. Die beiden Kamele tragen nun alle Lasten. Außerdem machen sie in der heißen Mittagszeit eine längere Rast. Dafür laufen sie abends bis zum Sonnenuntergang. Dann schlagen die Männer das Nachtlager auf. Sind es Sklaven? Nein, sie reden mit der Fürstin respektvoll, aber nicht unterwürfig. Sie heißen Enoch und Abiel.

Wenn sie dann vor den Zelten sitzen, erzählen alle etwas aus ihrem Leben. Manche Geschichte hat sie schon zweimal von ihnen gehört. Sie wird aber immer neu und immer fantasievoller als beim ersten Mal ausgemalt. Nur Tabea bleibt still. Was soll sie erzählen? Dass sie eine Diebin ist, aus einer Diebesfamilie kommt und noch vor wenigen Tagen beinahe gesteinigt worden wäre? Am liebsten würde sie jetzt tanzen und alle Gedanken ab- und fortschütteln.

Nachts liegt Tabea lange wach. Sie hört, wie die Fürstin, die noch eine ganze Weile draußen gewesen ist, ins Zelt kommt. Was hat sie gemacht? Gebetet? Zu ihrem Gott? Die Sterne beobachtet?

———————————————————————➤

Irgendwann schläft sie ein. Sie träumt, dass sie verfolgt wird, wacht schweißnass auf. Dann träumt sie, dass ihre Hände gefesselt sind, sie kann sich nicht befreien. Sie will schreien, aber sie bringt keinen Laut heraus. Ihr Herz rast, als sie aufwacht, und es braucht fast bis zur Morgendämmerung, bis es wieder zur Ruhe kommen kann. In ihren letzten wachen Gedanken hat sie sich an das Kind erinnert, das sie in der Nacht vorher an ihrem Bauch geborgen hatte.

Nun träumt sie, dass das Kind, es ist schon älter, an ihrer Hand durch eine Wüste voller Gefahren geht. Immer wieder wehrt Tabea Schlangen ab, die das Kind erwürgen oder mit Giftzähnen beißen wollen. Wilde Tiere lauern ihnen auf, verfolgen sie, und Sandstürme wollen sie unter sich begraben und sie ersticken. Aber immer gelingt es ihnen zu entkommen. Das Kind schaut bewundernd zu ihr auf und hält fest und vertrauensvoll ihre Hand. Und dann spürt sie an ihrer anderen Seite eine weitere große Hand, die sie fest und sicher hält. Sie blickt auf und schaut in die Augen ihres Vaters, der sie nun mit liebevollen Augen anschaut und sagt: Du bist meine wundervolle geliebte Tochter!

Sie erwacht und spürt immer noch die kleine Hand auf der einen und die große Hand auf der anderen Seite. Sonnenlicht dringt durch die Zeltwand. Bleibt! ruft sie. Sie würde gerne noch ein wenig diese Hände spüren, halten, aber draußen hört sie schon geschäftiges Treiben. Sie steht auf, schaut aus dem Zelt: Die Fürstin sitzt auf einem Teppich davor und reicht ihr einen Tee in einem kleinen Glas. Sie schaut Tabea eine Weile an und sagt dann:

Du hast etwas Schönes geträumt.

Tabea antwortet: Ja und nein. Dann erzählt sie ...

Deborah lässt die Worte etwas nachklingen, bis sie sagt: Ich denke, Du hast Dich auf einen guten Weg gemacht. Meine Träume sagen mir, dass wir bald zusammen am Ziel sind. Und wir werden noch mehr Menschen treffen, die ebenfalls auf dem Wege sind, so wie Du und ich ...

Auch in den folgenden Abenden beobachtet Tabea die Fürstin, die immer wieder zu den Sternen aufschaut. Sie gesellt sich zu ihr, blickt ebenfalls hinauf und fragt:

Was siehst Du da? Wonach suchst Du?

Deborah erzählt ihr:

Da, wo ich herkomme, schaut man oft zu den Sternen und fragt dann Gott, was die Konstellationen zu bedeuten haben. Wir achten auf unsere Träume. Sie sind ein großer Schatz. Und manchmal ergänzen sich Träume und Sterne.

Tabea fragt: Konstellationen?

Ja, antwortet Deborah, die Sterne am Himmel sehen wie Bilder aus. Schau mal hier, das sieht doch aus wie ein Jäger, Aryan (Orion) mit seinem Gürtel, oder? Und dort, siehst Du den hellen Stern über dem Horizont? Er scheint eine Aura, einen leuchtenden Rand zu haben. Ich beobachte ihn zum ersten Mal. Ich glaube, er weist uns einen Weg. Er ist es, dem ich folge, nicht nur mit den Augen, sondern auch mit dem Herzen. Sie legt eine Hand auf ihre Brust. Schau ihn Dir genau an. Ich muss immer an einen Traum denken, an einen Traum vom Fürst des Friedens. Was fühlst Du, wenn Du ihn siehst? Sie schaut ergriffen in den Himmel. Ich hoffe, dass wir bald mehr über unser Schicksal wissen…

Kapitel 19 – Jacky und Linn

Ich hab' da vielleicht was für uns! ruft sie, hast Du eine kleine Tasche? Wir verreisen! Auf einen Bauernhof. Im Schwarzwald. Ich hab' da eine alte Frau kennengelernt, die … die… ja, die musst Du Dir ansehen. Und da soll Weihnachten etwas Besonderes passieren!

Mhhm, macht Jacky, Du bist verrückt. Sie schüttet auch noch das unberührte Glas von Linn hinunter.

Sie sagt: Na gut, arbeiten kann ich mit den blauen Flecken sowieso nicht. Keine jammernden Freier sehen, auch ok. Einer von denen nervt sowieso total. Will mit mir ausgehen, will der einzige Lover sein, will mich heiraten, ruft ständig an. Weihnachten mal woanders? Ja, warum nicht? Sie holt eine kleine Reisetasche aus einem Schrank. Hab' eine. Wann soll's losgehen?

Morgen! Ich find's auch verrückt, sagt Linn, aber irgendetwas zieht mich dahin, auf diesen Schwarzwaldhof, zu dieser seltsamen Frau. Ich hol Dich morgen früh ab. 10 Uhr? Ich freu' mich, wenn Du mitkommst. Lauf nicht weg. Und gute Besserung für Deine Blessuren.

Linn springt auf, ruft „bis morgen!" und schließt die Wohnungstür hinter sich.

Jacky ist seltsam bewegt. Sie kennt doch diese Frau gar nicht. Aber alles ist besser als hier Weihnachten alleine zu hocken. Und die trüben Gedanken sind irgendwie auch weggeblasen. Sie beginnt Ihre Tasche zu packen...

Dann geht sie ins Bett und zwingt sich, nicht Netflix einzuschalten, sich nicht abzulenken, keinen Whisky mehr zu trinken. Sie rollt sich wohlig in ihre Decke und schläft schnell ein.

Nachts hat sie einen Traum:

Sie reitet auf einem Esel ziemlich flott durch einen Pinienwald. Ihr Exfreund Hanno, in eine schwarze Lederkombi gekleidet, fährt mit einem schweren Motorrad voraus. Der ist natürlich schneller. Sie ruft:

Hey, Hanno, warte!

Da bemerkt sie rechts und links neben sich noch je ein Motorrad. Gesichtslose Männer mit langen wehenden schwarzen Gewändern sitzen darauf. Sie drängen sich dicht an sie heran, fassen sie am Arm und heben sie vom Esel. Sie schwebt nun in der Mitte zwischen den beiden Motorrädern. Der Esel bleibt verblüfft zurück. Sie trägt jetzt auch ein langes Gewand, das sie umflattert, aber es ist rot. Der Wald öffnet sich zu einer offenen mediterranen Landschaft. Es ist Sommer und ein heißer Wind fährt ihr ins Gesicht. Sie will sich bewegen, aber die Männer halten sie eisern fest. Sie tun ihr weh. Und sie hat Angst bei diesem Tempo fallen gelassen zu werden.

Endlich halten sie an einer Hütte. Die Männer lassen sie los und fahren davon. Sie liegt im Staub. Von Hanno nichts mehr zu sehen.

Ein Schrei ertönt aus der Hütte, von einer Frau und noch ein Schrei, ein leiserer, vielleicht von einem Baby. Wer ist das? fragt sie sich. Was passiert da? Eine Geburt? Sie will hinein, vielleicht kann sie helfen. Aber ihre Füße wollen nicht. Es ist als ob sie in einer zähen Masse stecken. Sie kommt nicht voran, nicht zur Hütte, nicht zu der Frau und dem Baby. Das Schreien geht in ein Jammern über ...

... Jacky wacht auf und hört ein leises Jammern. Wer ist das? Wo kommt das her? Da merkt sie: Sie ist es selbst, die da jammert. Sie rollt sich im Bett zusammen und lässt das Jammern zu.

Nach einer ganzen Weile steht sie auf und geht ans Fenster, öffnet es. Es ist noch dunkel. Sie legt sich eine Decke um die Schultern. Merkwürdige Stille, als ob da draußen eine andere oder gar keine Stadt liegt. Da, drüben auf der anderen Straßenseite, in dem Baum, da schimmert etwas: Eine Gestalt mit einem großen Tuch um die Schultern ... ist das eine Spiegelung ihrer selbst? Gruselig. Sie hebt die Hand und winkt. Die Gestalt, es ist eine wunderschöne Frau, das kann sie jetzt erkennen, kann nicht winken, denn sie hält etwas in den Armen. Langsam wendet sich diese ab und entschwindet. Jacky will noch rufen: Bleib! Aber das Bild erlischt.

Jacky schließt das Fenster und legt sich schaudernd wieder ins Bett und wickelt sich in die warme Decke ein. Das muss sie erst einmal verdauen. Vielleicht kann sie es morgen Linn erzählen.

Kapitel 20 – Linn und das Schneegestöber

Das eine Wildschwein liegt mitten auf der Straße in einer Blutlache, das andere steht daneben und stupst es mit der Nase immer wieder an. Zögernd läuft es davon, als Linn absteigt. Sie muss die Unfallstelle sichern! fährt es ihr durch den Kopf. Sie schaltet ihre Warnblinkanlage ein, wirft die Warnweste über und schnappt sich ihr kleines Warndreieck. Das müsste sie nicht mit sich führen, aber sie hat genug Platz in ihrer Packtasche. Dann hastet sie zurück zur Kurve. Etwa 50 Schritte davor stellt sie das Teil auf. Während sie zurückläuft, wählt sie auf ihrem Handy die 110. Das Wildschwein, genauer gesagt der Keiler, liegt immer noch tot auf der Seite, die Augen weit aufgerissen. Einfach tot. Herausgerissen aus seinem Leben, seiner Rotte. Blut läuft in einem kleinen Rinnsal die Straße hinunter. Tränen schießen Linn in die Augen.

Wer auch immer das Tier angefahren hat, kann nicht ohne Blessuren davongekommen sein. Schnell geht sie zum Abhang und schaut hinab. Nein, da ist nichts. Auch die Leitplanken sind nicht beschädigt. Warum hat die Person nicht angehalten? Wildschäden zahlt doch die Versicherung. Vielleicht war Alkohol im Spiel? Schock?

Nach ewigen Minuten kommt der von der Polizei benachrichtigte Jagdaufseher mit seinem Pickup.

Scho' des zweite in diesem Monat, ist sein einziger Kommentar.

Das? fragt sie, es ist doch ein „Er".

Der Mann brummelt etwas in seinen Bart und hantiert dann an seinem Wagen herum.

Linn geht zu dem Keiler. Ob man auch einem Tier die Augen schließen kann? Es kostet sie Überwindung so nahe an ihn heranzutreten, er sieht noch so vital aus. Während sie versucht jedes

Auge einzeln zu schließen, blitzen plötzlich Bilder von ihrem toten Vater auf, den sie nicht mehr sehen durfte. Ob ihm jemand die Augen geschlossen hat? Und ja, es geht, sie kann es. Der Keiler sieht nun friedlich aus, als ob er schläft.

Da der Aufseher alleine zurechtzukommen scheint, er hat eine Motorwinde angeworfen, macht sich Linn grußlos auf den Weg.

Nachdenklich und weiterhin vorsichtig fährt sie ins Tal hinab. Auf der Fahrt denkt sie noch einmal über die merkwürdigen Zufälle nach. Das „Verirren" mit ihrer Clique. Diese merkwürdige Frau, Anna, mit ihrem Schwarzwaldhof. Die Halluzination von der Frau auf dem Pferd und der Unfall mit dem Wildschwein. Und sie merkt, dass irgendeine Sehnsucht in ihr entfacht worden ist. Ist es nur diese alte Sehnsucht nach einer harmonischen Weihnacht, wie mit ihrem Vater? Ja, da ist es wieder, das Gefühl von diesem furchtbaren Verlust.

Zu Hause angekommen, macht sie sich erst einmal etwas zu essen. Sie schaut, was noch im Kühlschrank ist und was die Weihnachtstage nicht mehr überleben würde. Zum Schluss kommt eine leckere Gemüsesuppe mit Kartoffeln heraus. Nach dem Essen wirft sie sich auf ihr Sofa, öffnet eine Flasche Bier und schaltet den Fernseher an.

„Und nun das Wetter: Endlich gibt es nach vielen Jahren in Süddeutschland wieder einmal weiße Weihnachten. Selbst Wetterforscher sind überrascht, dass der Schnee schon im Dezember fällt – sie hatten erst im Januar damit gerechnet… ."

Am nächsten Morgen startet Linn im dicksten Schneegestöber. Warm eingepackt hat sie noch schnell die Schneeketten und einen Beiwagen ans Motorrad montiert. Es ist kein Verkehr auf den Straßen, da die Räumdienste kaum nachkommen die Schneemassen zu beseitigen. Sie kommt aber flott voran und fährt bei Jacky vorbei. Die hat eine Flasche Whisky in der Hand und scheint nicht nüchtern zu sein. Sie wirft Jacky, die ihr merkwürdig klein vorkommt, samt deren Gepäck in den Beiwagen und fährt los.

Während sie nun die Serpentinen in den Schwarzwald hinauffährt, wird sie, Linn, immer größer. Sie sitzt wie Hagrid auf der Maschine, während die kleine Jacky plötzlich eine Brille aufhat und wie Harry Potter aussieht. Im glitzernden Schnee heben sich dunkle Gestalten ab. Sind das Dementoren? fragt sie sich. Nein, eine Rotte Schwarzkittel, Wildschweine läuft vor ihnen her. Sie will bremsen, um die Tiere nicht zu erschrecken oder gar anzufahren. Aber Fuß- und Handbremse funktionieren nicht mehr! Sie rasen genau auf die Rotte zu. Schneeflocken schlagen gegen ihr Visier. Sie sieht kaum noch etwas, obwohl es taghell ist. Die Maschine vibriert zwischen ihren Beinen, der Fahrtwind rauscht ihr um die Ohren, Schneeverwehungen überall, wo ist die Straße? Sie haben die Rotte eingeholt, etwas Dunkles vor ihr wird hochgeschleudert und prallt gegen ihre Brust. Sie reißt den Lenker nach rechts herum, Jacky-Harry schreit auf, und sie werden in eine Schneewehe katapultiert, die sie endgültig stoppt.

Sie lässt den Lenker los. Etwas bewegt sich an ihrer Brust und macht oink! Ein kleiner Frischling hat sich in ihre Jacke verirrt und scheint sich da ganz wohl zu fühlen. Linn steigt ab, hält das kleine Tier vorsichtig in den Armen. Sie geht ein paar Schritte und *erschrickt – wäre sie weiter geradeaus gefahren, wären sie gegen die Leitplanke geprallt und möglicherweise samt Jacky und Frischling darüber in den Abgrund geschleudert worden.*

Da hört sie einen lauten Ruf. In wenigen Metern Entfernung steht eine Frau mit langen schwarzen Haaren in einem naturfarbenen Umhang. Der Frischling in ihrer Jacke wird unruhig. Oh, das wird wohl das Muttertier sein. Vorsichtig setzt sie das Junge auf die Straße in den Schnee. Es quiekt noch einmal, dann rennt es zu seiner Mutter. Schade, es fühlte sich so warm, lebendig und schützenswert an. Irgendwo klingelt es. Sie hatte ihr Handy doch ausgeschaltet. Ist das Jackys Handy? Es klingelt und klingelt. Aber das ist doch …

…ihre Türklingel! Linn erwacht. Sie liegt eingerollt auf ihrem Sofa, ein Kissen vor der Brust. Wie spät ist es – ein Blick auf ihr Smartphone: 11 Uhr abends. Es klingelt wieder. Sie springt auf und öffnet: Ihre Nachbarin steht da:

Du wolltest mir doch noch Deinen Wohnungsschlüssel geben, sagt diese etwas vorwurfsvoll. Wenn Du morgen früh wegfährst, bin ich schon bei der Arbeit. Und Du solltest mir noch zeigen, welche Blumen wie viel Wasser brauchen…

Als Linn sich wieder hingelegt hat – diesmal in ihr Bett – geht ihr der Traum noch einmal durch den Kopf. Hat sie von dem Schneegestöber geträumt, weil das vorher in den Nachrichten erwähnt worden war? Warum wurde sie zu *Hagrid* und Jacky zu *Harry*? Hat das kleine Tier ihr das Leben gerettet? Und wer war die schwarzhaarige Frau mit dem Umhang?

Kapitel 21 – Tabea und die Ägypter

Tabea genießt es mehr und mehr, mit der Fürstin unterwegs zu sein. Sie muss nicht ständig auf der Hut sein, muss nicht dauernd nach Beute und Lebensunterhalt Ausschau halten. Zwei starke Männer beschützen jetzt auch sie. Von Deborah hat sie ein neues Gewand bekommen. Es ist aus feinem Stoff gewebt. Solche Dinge hat sie früher zwar auch gestohlen, aber meist schnell an einen Hehler weiterverkauft, um darin nicht erkannt zu werden. Nun schaut sie fast wie die Tochter der Fürstin aus.

Wie kann sie ihr das vergelten? Sie sollte schnell die Gelegenheit dazu bekommen.

Als sie eines Abends wieder einmal ihr Nachtlager in einer Oase aufschlagen, da bemerken sie vor einem Nachbarzelt mehrere Männer, die ihre Säbel putzen und schärfen. Es sieht nicht geschäftig, sondern eher bedrohlich aus. Tabea zählt sieben. Sie schauen besonders auffällig *nicht* zu ihnen hinüber. Und genau das macht sie in Tabeas Augen verdächtig. Sie hat nämlich eine gute Beobachtungsgabe für das Böse. Diese Männer, es sind vermutlich Ägypter mit schwarz geschminkten Augen, planen entweder einen Raub, eine Geiselnahme oder eine Entführung, um Lösegeld zu erpressen. Wenn Tabea genügend Zeit hätte, würde sie das herausfinden. Denn sie kann etwas Besonderes – sie kann sich unsichtbar machen, hat gute Ohren und versteht viele Sprachen. So hat sie bei ihrer bisherigen Kleidung einen Umhang gehabt, der verschiedene Farbtöne und Helligkeitsstufen in sich vereint. Vor fast jedem Hintergrund kann sie sich damit unbemerkbar machen.

Enoch und Abiel haben die Bande aus dem Nachbarzelt ebenfalls wahrgenommen. Beunruhigt sehen sie immer wieder einmal hinüber. Diese Leute haben zehn Pferde, aber wenig Gepäck. Was führen die im Schilde? Sollte es zu einer Auseinandersetzung kommen, wären sie in der Unterzahl. Denn es ist
nicht sicher, ob die andern Oasenbesucher ihnen im Notfall zu
Hilfe kämen. Eifrig flüsternd diskutieren sie die Lage. Deborah
bekommt die Gespräche mit und setzt sich zu Enoch und
Abiel. Sie schlägt vor einfach aufzubrechen. Aber davon raten
die beiden ab. Wenn sie die Oase verlassen würden, hätten sie
in der Ebene keine Chance den berittenen Verfolgern zu entkommen.

Tabea winkt die Fürstin ins Zelt. Sie erzählt von ihrer Einschät-
zung der fremden Männer. Sie erklärt ihr einen Plan und bittet
sie im Zelt zwei Mulden in den Sand zu graben und mit Teppichen abzudecken. Dann zieht sie ihren alten Umhang an und
schleicht hinaus.

Inzwischen ist es Nacht geworden. Die Bande hat ein Feuer
entfacht und anscheinend einen Schlauch mit Wein geöffnet,
denn sie lachen laut. Auch ihre Stimmen werden rauer, sehr
zum Ärger aller Leute in den Nachbarzelten.

Nur Tabea freut sich, so hat sie die Leute am liebsten: unauf-
merksam und nicht mehr alle Sinne geschärft. Zuerst schleicht
sie hinaus in die Wüste. Da es jetzt kühl geworden ist, sind die
Schlangen und Skorpione matt und träge. Sie fängt drei Schlangen, wobei sie darauf achtet, dass diese nicht giftig sind. Außerdem sucht sie mehrere Skorpione, möglichst groß sollen
sie sein. Alle finden in zwei Beuteln Platz, die sie im Zelt in der
einen Mulde versteckt. Nun schleicht sie zum Zelt der Ägypter.

Einige Schnarchen drinnen schon, vermutlich vom schweren Wein müde geworden. Aber selbst ohne Alkohol würden sie sie wahrscheinlich nicht wahrnehmen.

Dann widmet sie sich den Männern vorm Zelt. Diese haben sich zwecks der Bequemlichkeit ihrer Gürtel und damit ihrer Waffen entledigt und palavern mit schweren Zungen. Immer, wenn sie laut glucksend lachen, verschwindet ein Säbel oder ein Dolch aus seiner Scheide. Unbeobachtet schlüpft sie in das Zelt der Fürstin und entledigt sich leise ihrer Beute in der zweiten Sandgrube, die sie sorgfältig zuschüttet.

Kurz darauf holt sie ihre zwei Beutel. Den mit den Schlangen legt sie geöffnet bei den Pferden hin und löst die Seile, mit denen diese festgebunden sind. Die Sandboas werden in der Kühle der Nacht eine Weile brauchen, um den Ausgang zu finden. Ebenso nimmt sie den Beutel mit den Skorpionen und schiebt ihn vorsichtig unter der Zeltbahn der Bande durch. Die ebenfalls etwas trägeren Tiere benötigen sicher eine Weile, bis sie sich befreit haben.

Zurück im Zelt legt sie sich auf ihre Matte und versucht zur Ruhe zu kommen, denn ihr Herz schlägt wild. Ob ihr Plan aufgehen wird?

In der zweiten Nachthälfte ertönt plötzlich lautes Gewieher und Gebrüll. Pferdehufe sind zu hören, Männer rennen wild umher, Schmerzensschreie, reißende Zeltbahnen. Alle anderen in der Oase springen ebenfalls auf, verlassen die Zelte und erblicken draußen ein merkwürdiges Schauspiel. Fackeln werden entzündet, um es besser sehen zu können. Einige der Ägypter rennen fluchend hinter den Pferden her, die, von den

Schlangen erschreckt, auseinander gerannt sind. Waren sie nicht angebunden? Andere Männer suchen verzweifelt und schimpfend nach ihren Waffen. Der eine oder andere ist dabei wohl auf Skorpione getreten und gestochen worden. Das Zelt ist inzwischen niedergebrochen. Alles scheint sich gegen sie verschworen zu haben, sie können die umherstehenden und nun lachenden Zuschauer nicht einmal mit Säbeln bedrohen. In Panik und Verzweiflung rennen sie hinaus in die Wüste, versuchen ihre Pferde einzufangen und der Schmach zu entfliehen.

Im Osten rötet sich schon der Himmel. Nach und nach kehrt wieder Ruhe ein. Enoch und Abiel finden noch ein wenig Schlaf. Tabea sieht, wie Deborah sich einen ruhigen Ort sucht, um zu den Sternen zu schauen und zu beten.

Am Morgen gibt es in der Oase noch einmal ein großes Staunen: Von dem Zelt und der sonstigen Ausrüstung der Ägypter ist nichts mehr zu sehen. Da haben sich wohl noch in der Nacht einige Oasenbewohner bedient. Außer ein paar Spuren im Sand deutet nichts mehr auf die wilden Männer hin.

Deborah fragt Tabea, wo denn wohl die ganzen Waffen der Ägypter hingekommen seien, und schmunzelt dabei. Tabea zeigt wortlos auf die Stelle, an der gestern noch eine Grube war.

Alle? fragt die Fürstin. Als Tabea nickt, sagt sie: Dann lassen wir sie am besten dort liegen.

Und plötzlich fühlt sich Tabea von Deborah gedrückt. Ich bin stolz auf Dich, sagt sie, du bist klug und mutig, so wie meine Töchter.

Tabeas Herz möchte zerspringen. In Tabeas Herzen breitet sich eine ungeahnte Freude aus. Hat sie sich das nicht immer gewünscht, von ihrer Mutter so gelobt zu werden?

Kapitel 22 – Anna und Cybella

Anna richtet die Schlafzimmer her. Die alten niedrigen Stuben sind klein, die Böden knarren, aber es ist alles sauber. Keine Spinnweben, kein Staub, kein muffiger Geruch. Im Gegenteil, das Holz der Balken strömt den Duft einer anderen Zeit aus. Jedes Zimmer ist mit einem geräumigen modernen Bett, einem Schrank, einem Tisch und einem Stuhl und einer Sitzbank eingerichtet. Eben so, wie Seminarteilnehmerinnen es erwarten würden. Sogar ein kleiner Elektroofen steht in der Ecke, wird aber nur selten benutzt, da die unteren Räume ihre Wärme nach oben abgeben.

Manche Teilnehmer wünschten sich früher, auch mal die Nacht im Seminarraum zu verbringen, deshalb gibt es dort einige Récamieren und viele Decken, auf denen man sitzen oder schlafen kann. Hier wärmt ein großer alter Ofen mit grünen Kacheln das ganze untere Stockwerk und das obere mit dazu.

Sie geht hinunter, legt Holz nach und bereitet in der geräumigen Küche einen Tee zu. Es sind Minzeblätter, die sie selbst gesammelt hat. Während sie summend in der Küche werkelt und alles auf ein

Tablett stellt, merkt sie, dass sie zwei Tassen und zwei Löffel aus dem Schrank genommen hat. Ah, denkt sie, es kommt Besuch.

Als Anna im Esszimmer aus dem Fenster schaut, sieht sie schon jemand ratlos um sich blickend auf den Hof zulaufen. Eine junge Frau im einfachen Joggingdress. Schön, denkt Anna, und gießt gleich noch die zweite Tasse voll.

Cybella bleibt stehen, um auf ihr Handy zu schauen. GPS gibt es ja überall – aber anscheinend hier nicht: *No signal*. Da sieht sie in einiger Entfernung ein Bauernhaus stehen. Rauch steigt aus dem kleinen Schornstein senkrecht in die Höhe. Sie legt die wenigen hundert Meter durchs Unterholz joggend zurück und steht vor einer Treppe zur Eingangstür. Sie zögert. Noch bevor sie sich entscheiden kann, ob sie weiter gehen soll oder die kleine Treppe hinaufsteigen, öffnet sich die Tür. Eine ältere weißhaarige Frau in einem langen Kleid steht da. Sie sieht wie eine Zauberin aus. Ist Cybella in einem Märchenland gelandet?

Äh, also, ich wollte nicht stören, aber der Hirsch, mit dem großen Geweih, und ... und den großen Augen ... also, wie gesagt... stammelt Cybella.

Willkommen! sagt die alte Dame, ich habe auf Dich gewartet. Sie macht eine einladende Geste. Ich heiße Anna. Komm doch herein. Magst Du mir Deinen Namen verraten?

Cy... äh, also Nicole, stammelt sie, aber alle sagen Cybella zu mir. Sie steigt die Treppe hinauf.

Drinnen ist es warm, ein großer Kachelofen strahlt Behaglichkeit aus. Hinter einer kleinen gläsernen Ofentür sieht sie Flammen züngeln. Aber es ist mehr als die Wärme, die sie hier umfängt. Es ist eine Art von Geborgenheit, die sie lange nicht mehr gespürt hat. Alles hier strahlt das Wort „Willkommen" aus. Auf dem Tisch stehen zwei rustikale große Teetassen und Gebäck, *Gutsle*, wie man hier sagt. Beide Tassen sind mit dampfendem Tee gefüllt.

Woher wussten Sie …? fragt Cybella.

Ich ahnte es, antwortet die Frau, magst Du Dich setzen? Der Tee ist gut.

Cybella nimmt auf der Holzbank Platz, kostet von dem Tee. Mhhm, Minze. Die Frau, wie nannte sie sich noch? Ach ja, Anna, setzt sich zu ihr. Cybella schaut sich um. Ein wunderschöner Raum, wie im Märchen oder wie in alten Heimatfilmen. Kein Fernseher, keine elektrischen Geräte. Bemalte Holztäfelungen, eine Holzdecke mit Schnitzereien, die im Laufe der Zeit nachgedunkelt sind, getrocknete Blumensträuße, eine gemütliche Eckbank, ein schöner alter Bauerntisch, auf dem tiefe Furchen von einer langen Geschichte erzählen…

Kein Kruzifix, wie sonst so oft in Bauernstuben, dafür steht in einer Ecke eine Krippe, genauer gesagt, ein Stall mit Holzfiguren, allerdings fehlt die Krippe mit dem Jesuskind.

Ihre Augen wandern weiter zu der geöffneten Doppeltür. Sie erweitert den Blick in einen großen, scheinbar leeren Raum. Da es auch draußen nicht sehr hell ist, kann sie nur wenig erkennen, aber – sie kneift die Augen zusammen – da sind so unscharfe Stellen im Raum, als ob …

Anna sagt: Du siehst es auch, nicht wahr?

Was… was ist das? Eine optische Täuschung?

Das sieht so aus, ist es aber nicht. Ich weiß es nicht genau – anscheinend bekommen wir besonderen Besuch, erklärt Anna, und deshalb bist Du vielleicht auch hier.

Uh, das klingt creepy! Cybella schaut sie fragend an und meint: Das ist jetzt aber nicht irgendwie Psycho, oder war da was im Tee? Wer sind Sie?

Die Frau im weißen Kleid lacht laut auf: Nein, bestimmt nicht. Aber ich sehe da in dem Raum auch manchmal etwas. Ein feines Flimmern, gell? Lassen wir uns überraschen.

Sie erzählen einander, wie sie hierhergekommen sind und dass bald Heiligabend ist und dass sie völlig unterschiedliche Erfahrungen mit Weihnachten gemacht haben.

Schau Dich einfach ein wenig im Haus um, ich will noch etwas erledigen. Ich bin übrigens Psychologin – keine Hexe. Obwohl manchmal denke ich… sie schmunzelt. Aber Du hättest eindeutig die besseren Haare dazu und deutet auf Cybellas roten Schopf. Jetzt lachen beide.

Cybella erhebt sich und schaut sich um. Sie ist neugierig geworden. Dieses alte Haus und die grauhaarige Frau mit den vielen Lachfalten, die Wärme, die hier fast jeder Gegenstand ausstrahlt.

Sie hat bis jetzt noch keinen Computer entdeckt. Doch – auf einem Tischchen steht ein Notebook. Sie ist also nicht durch Zeit oder in ein anderes Universum gefallen. Da entdeckt sie ein Toilettenschild an einer Tür. Sie verschwindet dahinter. Schnell wirft sie einen Blick auf ihr Smartphone: Was – kein Netz? Kein WLAN? Wie soll sie zu ihrem Auto zurückfinden? Da fällt ihr ein, dass sie die Karten ja offline gespeichert hat, und GPS gibt es ja überall, hofft sie. Sie steckt ihr Handy wieder ein.

Sie schaut sich im unteren Bereich des Hauses um. Es ist gemütlich, ja heimelig. Hier würde Weihnachten vielleicht anders verlaufen als bei ihren Eltern mit fettem Gänsebraten...

Sie gießt sich noch einen Tee ein. Da kommt auch die weißhaarige Frau wieder die Treppe hinunter. Sie scheint seltsam bewegt... Cybella sagt:

Ich habe mir gerade versucht vorzustellen, wie Sie, äh, Du hier Weihnachten feierst.

Finde es heraus, antwortet diese, Du bist herzlich eingeladen, mit uns zu feiern.

Mit uns? fragt sie, leben noch mehr Menschen hier?

Zeitweilig, antwortet Anna. Und in diesem Jahr erwarten wir außergewöhnliche Menschen, z.B. Dich, sie lächelt.

Cybella ist verwirrt. Aber gut, warum nicht mal eine Weihnachtsüberraschungsparty mit alten Leuten? Sie lacht: Ja, das klingt gut! Wann soll die Fete steigen?

Anna lacht auch, das ist ein schöner Ausdruck: Fete, ein Fest. Ja, sagt sie, an Heiligabend, aber Du kannst ruhig schon früher kommen.

Abgemacht, antwortet Cybella, dann flitz ich mal zu meinem Auto und komme so ein, zwei Tage vorher. Ist das ok? Kann ich was mitbringen? Gibt's hier wirklich kein Netz und kein WLAN?

Anna antwortet, Du kannst gerne etwas mitbringen, z.b. Essen, das Du magst. Und nein, hier gibt es kein Netz und keinen Datenanschluss. Wenn Du telefonieren möchtest, das geht auf dem Hügel in etwa 100 Meter Entfernung.

Na, dann Ciao! ruft Cybella, bis bald! und rennt schon los, einen Blick auf ihr Handy werfend. Das GPS und die Offline-Karten zeigen ihr, dass es nur noch etwa 20 Minuten bis zu ihrem Auto sind. Sie will schnell laufen, damit ihr warm wird.

Während sie joggt, gehen ihr noch einmal die Erlebnisse der vergangenen Stunden durch den Kopf. Hat sie wirklich einen Hirsch gesehen? Und warum war plötzlich dieser Bauernhof und diese Frau namens Anna da? Wie ein Hexenhaus im Wald hat es ausgesehen. Sie kam sich wie in einer anderen Welt vor.

Jetzt noch links abbiegen, ja, da ist der Parkplatz und da steht ihr Auto. Nachdenklich fährt sie nach Hause. Weihnachten, Heiligabend, diese Worte waren ihr so fremd geworden, so leer wie Null-Bytes-Dateien. Sie fragt sich, ob sie diese Begriffe je wieder mit Inhalt füllen kann.

Kapitel 23 – Jael und Aaron

Die erste Strecke legen sie zu Fuß zurück und führen ihre Pferde am Halfter. Dann steigen sie auf und reiten uneinholbar davon. Aber wohin? Jael erinnert sich an den Stern über dem Horizont. Als sie am nächsten Abend Rast machen, erklettert sie einen kleinen Felsen. Und siehe da, die Sonne ist eben erst untergegangen, aber da leuchtet schon ein heller Stern. Es scheint, als ob er von einer Aura umgeben ist. Ist es der Stern aus ihrem Traum? In diese Richtung wollen sie morgen reiten, auch wenn sie damit die Karawanenwege verlassen. Sie hofft und betet, dass keine wilden Tiere auftauchen und keine Schlucht sich auftut... Aber etwas anderes wird sich ihnen entgegen stellen.

Eine Bande Sklavenjäger ist auf ihre Spuren gestoßen und hat an ihnen erkannt, dass da zwei junge Menschen unterwegs sind. Die Abdrücke der Hufe im Boden sind nicht besonders tief. Abseits der Pfade und weit weg von ihrem Stamm sind sie schutzlos... Die Jäger teilen sich in drei Gruppen auf. Eine soll die beiden verfolgen, eine von rechts, die andere von links den Weg abschneiden. Dann säßen sie in der Falle. Allein die Pferde hätten einen großen Wert und junge Menschen kann man entweder gut als Sklaven verkaufen oder ein Lösegeld erpressen. Die Jagd beginnt. Aaron und Jael erkennen schnell die drei Staubwolken am Horizont und ahnen, dass da nichts Gutes auf sie zukommt. Nun kennen Beduinenvölker ihr Land gut, sie haben Bilder aller Gegenden, in denen sie schon einmal waren, im Kopf. Aaron ruft Jael zu:

Zum Wadi!

Er ändert die Richtung. Die Verfolger sind etwas überrascht und müssen auch ihren Kurs und ihre Formation ändern, was sie etwas verlangsamt. Aaron und Jael haben nun ihre Pferde in schnellen Galopp fallen lassen. Sie können das Wadi, ein ausgetrocknetes Flussbett, schon in der Ferne erkennen. Manche Wadis sind im Laufe der Zeit zu schmalen Schluchten geworden, weil in der kurzen Regenzeit reißende Bäche das Flussbett vertiefen. Werden sie den Eingang zum Wadi rechtzeitig erreichen? Atada ist Rennen gewohnt, sie fliegt scheinbar über die Erde. Aarons Pferd fällt etwas zurück. Aber beide Geschwister sind jung, noch leicht, haben kaum Gepäck. Die Verfolger werden sie hoffentlich nicht einholen und irgendwann vielleicht aufgeben. Aber die Reiter von den Seiten haben einen Vorsprung gewonnen und kommen immer näher. Sie haben nun auch erkannt, was das Ziel der beiden ist und spornen ihre Pferde mit Schlägen an. Jael und Aaron hören schon ihre Schreie. Alle hetzen auf den Eingang des Wadi hin. Die Meute die von rechts kommt, hat den Wind im Rücken. Er treibt den Sand und Staub so vor ihnen her, dass sie fast nichts sehen, auch nicht die entgegen Kommenden. Denen wiederum wird die Sicht genommen von den Wolken, die nun auf sie zu stieben...

Aaron kennt dieses Flussbett. Nach oben verbreitet es sich, steigt dann steil an. Unten am Fuße des schmalen Tales kann nur ein Pferd durchreiten, keine zwei nebeneinander. Wenn sie es schaffen würden, dann würde zuerst Jael in das Wadi eintauchen, dann Aaron und die andern müssten erst einmal anhalten und bestimmen, wie sie ebenfalls hintereinander hindurch jagen.

Aber die beiden Reitergruppen von den Seiten sind zuerst am Ziel. Da sie jedoch vor Staub, Hetzen, Antreiben der Pferde und fehlender Sicht nicht daran gedacht haben rechtzeitig anzuhalten, prallen sie direkt vor dem Eingang des Wadi aufeinander. In einer riesigen Staubwolke verknäulen sich Pferde und Reiter. Ein Geschrei, ein Wiehern und eine Wolke aus Staub und Sand erhebt sich. Auch Jael und Aaron rasen direkt darauf zu und da alles auf dem Boden liegt, gelingt ihren Pferden ein Sprung über das Knäuel und sie sind im Wadi. Die Verfolger hinter ihnen müssen anhalten um nicht ebenfalls zu stürzen.

Nun können Jael und Aaron das Tempo verringern. Von den Verfolgern ist bald nichts mehr zu hören. Diese sind so mit sich selbst beschäftigt, dass sie die Verfolgung aufgegeben haben. Nach einigen Meilen halten sie an und kühlen sich und ihre Pferde im Schatten des Wadis ab. Sollen sie hier übernachten? Während eines Gewitters wäre das lebensgefährlich, weil die Regengüsse im Wadi ganz plötzlich anschwellen und zu einem reißenden Fluss werden können. Sie hätten keine Aussicht mehr schnell genug vor den Wassermassen fliehen.

Aaron klettert den steilen Hang hinauf, um den Horizont nach Gewitterwolken abzusuchen. Als er zurückkommt lacht er. Ihre Verfolger haben sich aus dem Staub gemacht. Die Strecke zum Ausgang des Wadis, wo sie auf sie hätten warten können, ist für einen Ritt außenherum zu beschwerlich und es dämmert bereits.

Auch Jael klettert nun die Schluchtwand hinauf. Es ist inzwischen dunkel geworden. Sie sucht den weiten dunkelblauen Himmel nach ihrem Stern ab. Ja, da ist er, über dem Horizont. Sie sind ein wenig von der Richtung abgekommen. Aber sobald sie hier heraus sind, können sie wieder den richtigen Pfad ein-schlagen. Nun zeigt sich aber, dass es für sie sehr schwer wird, den Weg zurückzuklettern, ohne zu stürzen. Hier könnte ein Sturz das vorzeitige Ende ihrer Reise bedeuten. Aaron ruft schon nach ihr. Aber sie kann ihm nicht antworten. Sie muss ganz langsam im Dunkeln vorwärts tasten. Da fällt ihr ein Lied ein, das ihre Großmutter oft gesungen hat. Sie summt die Me-lodie. Es ist ein Lied von König David:

Und muss ich auch durchs finstre Tal –

Ich fürchte kein Unheil!

Du, Herr, bist bei mir;

Du schützt mich und führst mich,

das macht mir Mut. (PSALM 23, 4)

Und dann kommt doch noch ein Licht. Der Mond geht auf, er scheint so in das Wadi, dass sie einen Fuß vor den anderen set-zen kann. Unten angekommen, fällt sie ihrem Bruder um den Hals. Auch die beiden Pferde zeigen mit einem Schnauben, dass sie sich freuen.

Am nächsten Morgen brechen sie spät auf. Mitten in dem Wadi finden die Pferde noch eine kleine kaum sichtbare Wasser-stelle und sie füllen ihre Vorräte auf. Beim Verlassen des Fluss-bettes vergewissern sie sich, ob auch niemand auf sie wartet und ihnen eine Falle gestellt hat. Von nun an bleiben sie auf den breiten Karawanenstraßen und schließen sich auch gerne ei-ner Karawane an. Da finden sich zwar auch manchmal Gauner ein, aber es sind eher Diebe als Räuber.

Jael ist froh, dass sie jeden Abend den Stern sieht und dass sie ihm - mit kleinen Umwegen - immer wieder folgen können.

Kapitel 24 – Annas Traum

Anna will sich vorbereiten auf das, was da noch kommt. Sie steigt die Treppe hinauf in ihren Meditationsraum. Er ist nach Osten ausgerichtet, so dass die Sonne morgens gleich hineinscheinen kann. Ein schwerer alter Orientteppich liegt in der Mitte des Raumes. Auf dem Teppich befindet sich eine große Steingutschale, die sie manchmal mit Obst füllt, mit Wasser oder mit Tannenzapfen, was ihr gerade in den Sinn kommt. Daneben liegen eine kleine Klangschale, ein Seidentuch, ein glänzender Rosenquarzstein und drei Symbole: Ein hölzernes Kreuz, ein goldglänzender Halbmond und eine Menora, ein siebenarmiger Leuchter aus Messing.

Anna hat immer dann ein Buch geschrieben, wenn sie sich mit einem Thema besonders auseinandersetzen wollte. Das half ihr die Gedanken, die Forschungen, die Ergebnisse zu fokussieren und festzuhalten.

Eines möchte sie noch schreiben zu den Erlebnissen, die immer wieder durch ihr Leben flossen und noch immer fließen. Aber kann sie das noch? Hat sie noch Kraft und Zeit dazu? Sie erlebt manchmal Dinge, die sie nicht so recht einordnen kann. Sind es Visionen? Hat sie zu viel C.G. Jung gelesen, der sich neben der Psychologie auch mit Astrologie, Alchemie und außersinnlicher Wahrnehmung auseinander gesetzt hat? Vielleicht leistet dieses Weihnachtsfest einen Beitrag zu mehr Klarheit.

In der Ecke steht ein kleiner alter dunkler Schreibtisch mit vielen Schubladen. In einer liegt ein weiteres Notebook, dass sie ab und zu mit in die Stadt nimmt, wo sie sich in ein Café mit Internet setzt und an ihren Projekten arbeitet oder recherchiert. Die Wand, an der man zur Tür hereingelangt, ist ein einziges Bücherregal. Viele psychologische, philosophische, theologische und andere Sachbücher, die sie im Laufe ihres Lebens gelesen hat, versammeln sich dort zu einer bunten Wissensdatenbank. Einige hat sie selbst verfasst oder daran mitgearbeitet.

Anna sitzt auf ihrem Teppich. Sie ist still geworden, lässt alle Gedanken los und gelangt in eine tiefe Versenkung. Manchmal passiert gar nichts, außer dass ihr Blutdruck sinkt, ihr Herz ruhiger schlägt und sie keine Schmerzen mehr in ihrer Hüfte spürt. Später steht sie auf und fühlt sich erfrischt und klar im Kopf. Manchmal hat sie auch wunderbare Einfälle, die sie gleich aufschreibt.

Manchmal aber erscheinen Anna in den letzten Tagen Bilder vor ihrem inneren Auge, die aus einer anderen, einer längst vergangenen Zeit zu kommen scheinen. Bilder von Frauen tauchen auf und verschwinden wieder. Sie sind mit langen Gewändern gekleidet, haben aber kein Gesicht. Sind es Teile ihrer eigenen Persönlichkeit, wie die Psychologie vermuten würde? Sie wüsste gerne, in welche Zeit sie da eintaucht, welche Persönlichkeiten das sind und warum sie gerade jetzt erscheinen. Letzte Nacht hatte sie einen merkwürdigen Traum, der ihr jetzt wieder einfällt:

Sie steht an einer Kreuzung nur mit ihrem Nachthemd bekleidet. Sie hat nichts an den Füßen, es ist aber nicht kalt. Sie wundert sich, denn sonst geht sie nie ohne ihre Wollsocken aus dem Haus.

Anna dreht sich um und schaut nun auf sieben Wege, die in alle Himmelsrichtungen führen, in alle sieben Winde... Sonst ist nichts zu sehen. Doch, zu ihren Füßen liegen Päckchen. Sie sind wie Weihnachtsgeschenke verpackt, in grobes Packpapier, aber mit verschiedenen farbigen Schleifen und mit Sternchen verziert. Acht Stück, wie sie jetzt zählt.

Eins. Plötzlich hört sie ein Geräusch, wie Pferdehufe auf steinigem Pfad. Auf einem der Wege kommt ihr ein Reiter entgegen. Er scheint gesichtslos zu sein. Er stoppt vor ihr und hält ihr die geöffnete Hand hin. Sie gibt ihm eins der Pakete, als wüsste sie genau welches. Dann reitet er wortlos in eine andere Richtung davon. Sie sieht ihm nach und merkt, dass es eine Frau mit langen wallenden Haaren war.

Zwei. Kaum hat sich der Staub verzogen, rast ein Motorrad mit hoher Geschwindigkeit auf sie zu. Während sie noch überlegt, wie sie ausweichen soll, steigt der Fahrer auf die Bremse und kommt knapp vor ihr zum Stehen. Er hat einen Helm auf und sie kann ihn nicht erkennen. Er hält ihr nur die Hand hin. Sie drückt ihm eins der Päckchen in die Hand. Mit durchdrehendem Hinterreifen beschleunigt die Maschine – wiederum auf eine gegenüberliegende Straße – und ist fort. Ein Hauch von Chanel No. 5 bleibt mit dem Staub zurück.

Drei. Nun wird es ruhig. In der Ferne nimmt sie eine Person wahr, die auf einen Stock gestützt, langsam auf sie zu kommt. Ein langer Mantel umgibt nicht nur seine breiten Schultern, er umflattert auch sein Gesicht. Als er endlich vor ihr steht, streckt er die Hand aus. Sie reicht ihm ebenfalls eins der Geschenke. Sie will ihn noch *etwas fragen, doch sie ist schon weitergelaufen, aus dem Umhang ist ein langer bunter Rock geworden.*

Vier. Als sie sich wieder einer der Straßen zuwendet, hört sie eine Fahrradklingel. Ein kleiner Junge mit Helm flitzt auf sie zu. Mit elegantem Schleudern seines Hinterrades kommt er vor ihr zu stehen. Er trägt eine Maske. Sie drückt ihm ein Päckchen in die geöffnete Hand. Er klingelt und ist auch gleich davon und nun flattern rote lange Zöpfe unter ihrem Helm hervor.

Fünf. Anna kommt nicht zum Nachdenken, denn – sie kann es kaum glauben – eine alte Dampflok schnauft und zischt heran. Sie stößt dicke weiße Rauchwolken aus. Ein Pfiff ertönt. Fauchend kommt sie neben ihr zum Stehen. Der Lokführer steigt herunter. Der Ruß verbirgt sein Gesicht völlig. Auch er will eins der Pakete mit Schleifchen. Als die Lok weiterstampft, winkt ihr ein mit Blumen besteckter Strohhut aus dem Fenster zu.

Sechs. Was kann jetzt noch kommen? fragt sie sich. Da hört sie ein lautes Trompeten. Wieder Wind und Staub, außerdem erzittert der Boden. Der afrikanische Elefant stampft massig auf sie zu, dass ihr angst und bange wird. Er stoppt rechtzeitig vor ihr. Er wedelt mit seinen großen Ohren. Mit dem Rüssel nimmt er nun eines der Päckchen aus ihrer Hand. Beim Davonstampfen kann sie gerade noch erkennen: Ein Elefantenbaby hält sich mit seinem Rüssel am Schwanz des Muttertieres fest.

Sieben. Die letzte Straße verwandelt sich in einen Fluss. Anna erkennt in der Ferne ein Segel. Dann naht langsam ein kleiner Kahn. Ein alter Mann, barfuß, nur mit einer Hose bekleidet, refft das Segel, legt neben ihr an. Sein Gesicht bleibt hinter einem riesigen schwarzen Vollbart verborgen. Nur zwei dunkle Augen schauen heraus. Er macht eine Geste, dass sie das Päckchen an Bord werfen soll. Sie tut wie ihr geheißen. Er macht die Leinen los, hisst das Segel und Anna sieht nur noch ein Mädchen davonsegeln, ihr nackter Rücken ist mit langen dunklen Locken bedeckt.

Dann klingelt es. Fahrrad hatten wir doch schon, denkt Anna. Es klingelt wieder und wieder. Anna wacht auf. Noch einmal klingelt es. Da ist jemand an ihrer Haustür! Sie ist ganz verwirrt, springt aber auf und rennt zur Tür, wo jemand in blau-gelber Kleidung auf sie wartet, der nette Postbote. Ein junger Mann, etwa 25 Jahre alt. Ein leichter Oberlippenbart ziert sein freundliches aber besorgtes Gesicht.

Ich hab' mir schon Sorgen gemacht, sagt er und hält ihr einen Stapel Briefe und Zeitungen hin. Er lächelt jetzt. Na, in Ihrem Alter – kann ja mal was sein.

Anna reibt sich die Augen: Ich seh' heute nur so alt aus, weil ich verschlafen habe. Aber wenn ich wieder mal nicht aufmache – kommen Sie einfach rein und schauen nach mir, ob ich noch lebe. Die Tür ist nicht abgeschlossen. Sie lacht ihn an. Und wenn doch, dann bin ich fortgefahren. Haben Sie noch einmal von Päckchen geträumt?

Er hatte ihr vor einer Woche einen Traum erzählt. Er sagte: Sie sind doch so eine Psychotante. Sie wissen doch bestimmt, was das bedeutet, gell?

Und dann hatte er ihr in kurzen Worten geschildert: *Er trug Pakete aus. Am Ende des Tages war immer ein Päckchen übrig. Es stand kein Absender darauf. Er lief auf eine Brücke und warf es in einen Fluss, sah zu, wie es davon schwamm.*

Anna antwortete damals: Ich denke darüber nach und gebe Ihnen beim nächsten Mal eine Antwort.

Der Postmann antwortete: Nein, hab' nicht mehr von Päckchen geträumt. Haben Sie etwas herausgefunden?

Noch nicht, musste Anna erwidern. Sie überlegt: Vielleicht ist das Päckchen, das immer übrig bleibt, für Sie. Öffnen Sie es!

Er bedankt sich und meint noch:

Wieso bin ich da nicht selbst drauf gekommen?

Er verabschiedet sich und fährt wieder von dannen.

Anna nimmt ihre Pakete und Briefe und setzt sich damit in die Küche. Sie ist noch ein wenig traurig, ihr eigener Traum war doch noch nicht zuende! Was ist mit ihr in diesem Traum? Da erschienen sieben Frauen, sie ist die achte. Ein Päckchen blieb noch übrig. Wo ist es jetzt? Geht sie leer aus? Oder bekommt sie es noch?

Kapitel 25 – Cybella und der Weihnachtsbaum

Zu Hause will Cybella gleich erstmal *Anna* googlen und *Weihnachten* und *Erscheinungen.* Sie tut es nicht. Wie bei einem Geschenk, denkt sie, das machst du auch nicht vor dem Geburtstag auf.

Während sie wieder im Rechenzentrum arbeitet und abends zu Hause die Kontakte im hellen und dunklen Netz pflegt, kommt ihr der Gedanke, einen kleinen Weihnachtsbaum aufzustellen.

Gleich am nächsten Tag, ein Samstag, geht sie auf den Münsterplatz und erwirbt an einem Blumen- und Gemüsestand eine winzige Tanne in einem Topf. Im angrenzenden Kaufhaus holt sie noch etwas Schmuck und eine Lichterkette, eine mit weißen Lichtern, ohne Blinken. In ihrer Wohnhöhle schmückt sie den Baum und merkt, dass sie das zum ersten Mal in ihrem Leben selbst macht. In ihrer Kindheit war das stets Vater und Brüdern vorbehalten gewesen. Ehe sie es richtig merkt, laufen ihr Tränen über die Sommersprossen und die Wangen herunter. Ihr erster eigener Weihnachtsbaum! Sie schilt sich eine Heulsuse. Was ist daran so besonders? Eigentlich bedeutet ihr doch Weihnachten nichts. Sie hat es kürzlich erst ihrer Mutter am Telefon gesagt. Oh, gesagt ist untertrieben, sie hat sie angeschrien. War vielleicht doch ein bisschen zu heftig. Sie greift nach dem Handy und wählt die Nummer ihrer Mutter. Die Mailbox geht dran. Sie will schon wieder auflegen, da denkt sie, das ist die Gelegenheit endlich mal etwas loszuwerden ohne vollgequatscht zu werden. Zuerst entschuldigt sie sich für das letzte Gespräch. Dann zählt sie auf, warum sie diesmal nicht nach Hause kommen möchte. Weil nur Vater und Bruder schmücken, und nur fressen und saufen und fernsehen, das sei einfach kein Weihnachten für sie, aber sie wünscht ihnen eine fröhliche Zeit...

Zwei Tage vor Weihnachten schnappt sie ihren Weihnachtsbaum, packt ein paar Sachen in ihren Polo und startet in den Schwarzwald. Sie ist aufgeregt wie ein kleines Kind. Wo kommen auf einmal diese Gefühle her? War sie nicht vor ein paar Tagen noch am Verzweifeln? Das Leben schien nur noch Bits, Bytes und Pixel zu enthalten? Vielleicht ist es gerade dies Unbekannte? Dieses Nichtwissen, was geschehen wird. Sie hofft, dass sie Zeit für sich findet, Zeit zum Nachdenken, zum Entdecken ...

Und dann steht sie plötzlich wieder vor dem Schwarzwaldhaus. Wenn nicht ein wenig Rauch aus dem Kamin kräuseln würde, könnte man denken, es sei unbewohnt. Der Hirsch geht ihr wieder durch den Kopf. Cybella würde ihn gerne wiedersehen. Wo er wohl stecken mag? Vielleicht kommt sie in den nächsten Tagen dazu, im Wald an dieselbe Stelle zu joggen...

Und schon springt sie beschwingt die Stufen hinauf. Soll sie klopfen? Aber da öffnet sich schon die Tür und die weißhaarige alte Frau steht vor ihr. Diesmal mit einem roten Kleid.

Hi, sagt Cybella, da bin ich. Ohne Hirsch. Sie lacht.

Die Frau, Anna, geht mit ihr hinein. Sie legt den Arm um ihre Schulter, wie zwei Freundinnen, die sich schon lange kennen. Mhhm, aus der Küche duftet es gut nach Plätzchen, Kaffee und Zimt. Anna hat wohl gebacken. Etwas Luftiges mit Dinkel, Hefe und weihnachtlichen Gewürzen. Cybella kann diese Gefühle und Erinnerungen, die jetzt in ihr hochkommen, noch gar nicht richtig fassen.

Kapitel 26 – Jacky und Linn fahren zu Anna

Linn hat sich den Wecker auf 9 Uhr gestellt. Sie packt ein paar Dinge ein, stellt alle elektrischen Geräte ab und fährt los. Noch im Bioladen vorbei. Dann geht es zu der Frau von gestern Abend, Jacky. Ob sie wirklich mitkommt? Ob sie betrunken ist, wie sie geträumt hat? Oder ob sie kalte Füße bekommen hat? Im Traum war sie jedenfalls mit dabei. Ob sie ihr davon erzählen kann? Als erstes will sie schauen, ob Jacky eine blitzförmige Narbe an der Stirn hat. Sie lacht.

Jacky schläft noch einmal tief und fest ein. Bis es an der Haustür klingelt. Was? Wie viel Uhr ist es? Fünf nach zehn! Sie springt auf und lässt Linn herein.

Sorry, ich hab' verschlafen. Bin aber gleich soweit! Du, ich hatte heute Nacht einen Traum und eine Erscheinung. Das muss ich Dir unbedingt erzählen. Möchtest Du auch noch einen Kaffee?

Jacky erzählt die Ereignisse der Nacht. Linn ist beeindruckt, weiß aber nicht, was sie dazu sagen soll.

Sie brechen zu dem Schwarzwaldbauernhof auf. Jacky hat gepackt und ist ein wenig aufgeregt. Da es Schnee geben soll, ist sie in eine Felljacke mit großer Kapuze eingepackt. Winterstiefel hat sie auch an. Gut, dass sie nur eine Umhängetasche dabei hat. Denn – einen Beiwagen gibt es nicht. Jacky genießt es, hinten auf der schweren Maschine zu sitzen, die Arme um Linn geschlungen und sich einfach durch den Schwarzwald fahren zu lassen. Es schneit ein wenig, aber die meisten Straßen sind frei. Linn fährt mit ruhigem

Fahrstil die vielen Kurven. Jacky gehen immer wieder diese Frau mit dem Baby und die Frau im Baum durch den Kopf. Noch fester schmiegt sie sich an Linns Rücken

Bald haben sie den Hof erreicht. Jacky ist gespannt, wen sie da jetzt kennenlernen wird. Diese kleine Treppe hinauf und dann werden sie an der Tür freundlich empfangen. Linn stellt Jacky vor. Und bevor sie in der Küche angekommen sind, wo schon ein Kaffee und ein Vesper warten, hat Jacky die ganze Geschichte ihres Kennenlernens erzählt.

Draußen beginnt es stärker zu schneien. Wir sind rechtzeitig losgefahren, denkt Linn. Drinnen in der warmen Küche breitet sich Gemütlichkeit aus. Jacky fühlt sich sofort wohl. Dieses urige Haus. Dieses dunkle Holz und die seltenen Gerüche. Und diese Frau, Anna, die ganz anders ist als ihre Mutter. Ohne Vorwürfe, ohne Forderungen, ohne etwas Mitleidheischendes. So, genau so hätte sie sich ihre Mutter gewünscht! Jacky muss nichts bringen oder leisten, soll nicht gleich in der Küche helfen, übers Heiraten reden, Enkel kriegen...

Nachdem Jacky sich in einem der oberen Zimmerchen eingerichtet hat, geht sie wieder hinunter. Sie hört Stimmen aus der Küche, schlendert aber in den großen Raum. Diese Ruhe, Wärme, der Duft nach altem Holz, getrockneten Blumen und Kräutern, die von der Decke hängen. Sie lässt ihre Schultern sinken. Ganz viel fällt von ihr ab. Der Kopf, die Gedanken entspannen sich. Sie kann durchatmen, loslassen. Da hört sie wieder ein leises Wimmern, wie letzte Nacht. Es scheint aus einer Ecke des Raumes zu kommen, neben dem Weihnachtsbaum. Sie geht hin, da steht eine Krippe – aber sie ist leer. Nur ein leichtes Flimmern ist zu sehen.

Ist das der Ofen? Die warme Luft, die da aufsteigt? Ist ihr schwindelig geworden?

Jacky setzt sich zu den anderen in die Küche. Wieder neue Düfte. Und fröhliche Gesichter. Und Kaffee.

Jetzt noch ein Stück Kuchen, ruft sie forsch in die Runde.

Alle lachen. Da, neben dem Herd steht ein Hefezopf. Selbstbedienung!

Der Kaffee tut seine Wirkung, alle sind aufgekratzt und erzählen und erzählen. Linn spürt, es war eine gute Idee, Jacky mitzubringen, auch, wenn sie sie dazu erst mit dem Motorrad anfahren musste. Wie geht es eigentlich ihren blauen Flecken? Aber so wie sie sie reden hört, kann es Jacky nur gut gehen. Mit einem Mal wird Linn ein bisschen schwindelig …

… sie fühlt sich langsam nach oben steigen. Sie scheint aus sich herauszutreten, unter der niedrigen Küchendecke zu schweben. Unter ihr vier Frauen, die sich angeregt unterhalten. Sie selbst ist auch dabei. Sie betrachtet jede einzelne, auch sich selbst, wie sie lacht, wie sie den Kopf zurückwirft, die Haare aus dem Gesicht streicht. Die Stimmen werden leiser. Über ihr ist auf einmal Himmel zu sehen. Die dunkle Küchendecke wird durchscheinend. Sterne zeigen ihr funkelndes Licht. Einer glänzt besonders und hat einen leuchtenden Ring um sich herum. Was passiert da? Stirbt sie jetzt? Wird sie verrückt? Nein, sie schaut auf Anna herab, die in diesem Moment den Kopf hebt…

…und sie ansieht. Ein wissender, verständnisvoller Blick. Und dann ist Linns Wahrnehmung wieder ganz in ihrem Körper. Sie

➤

muss sich kurz schütteln und sitzt dann wieder bei den anderen Frauen.

Kapitel 27 – Hannahs Traum

Aber Hannah verliert ihr Ziel nicht aus den Augen, auch wenn ihr Herz jetzt oft mit Haron neue Sprünge macht. Jede Nacht schaut sie in den meist wolkenlosen Himmel. Manchmal sucht sie einen nahen Hügel auf, wenn wieder einmal überall Feuer brennen, um die traditionellen Fladen zu backen. Dann verschleiert der Rauch den Himmel. Oder wenn Tiere noch abends durch das Dorf getrieben werden. Dann ist die Luft voller Staub, und das Firmament ist nicht mehr so gut zu beobachten.

Immer wieder kann sie einen hellen Stern und eine besondere Konstellation von weiteren Sternen beobachten. Etwas ist neu und anders – am Himmel wie in ihrem Herzen. Die Himmelskörper weisen gen Jerusalem. Wird dort ein besonderes Ereignis geschehen? Ist das ihr Ziel, wo es sie hintreibt? Jerusalem soll die größte und schönste Stadt in ganz Israel sein. König Herodes der Große hat viele neue Bauten entstehen lassen. Hannah war noch nie dort. Aber die Händler erzählen oft davon. Sie begibt sich auf ihr Lager und fällt in einen unruhigen Schlaf.

Hannah sitzt auf einem erhöhten Stuhl, der fast wie ein Thron aussieht. Und sie ist ein Mann, sie kann es zwischen ihren Beinen spüren. Merkwürdig fühlt sich das an, denkt sie und möchte sich dort kratzen, aber ehe sie weiter darüber sinnieren kann, erscheinen vor ihr vier Männer, die ihren, oder jetzt seinen Wunderrat erhalten wollen.

Der erste sagt, er habe so viel Geld und wisse nicht, wie er es sicher aufbewahren solle, überall seien doch nur Räuber.

Der zweite Mann stöhnt, er habe so viel Wasser in den Beinen und könne kaum noch laufen. Was oder wer könne ihm helfen?

Der dritte ist in Nöten, weil er zwei Kamele habe. Er könne aber nur eins halten, weil zu wenig Wasser in seinem Brunnen sei.

Der vierte Mann klagt, er habe keine Arbeit, kein Geld, und er würde so gerne einen Weinberg kaufen, um davon leben zu können.

Hannah erhebt sich, schaut die Vier an und ruft: Ich bin kein wunderbarer Ratgeber, *wie ihr denkt, ich bin nur ein Traum...*

Unzufrieden erwacht sie. Warum konnte sie nicht Rat geben? Das wäre doch ganz einfach: Der Reiche legt sein Geld im Weinberg des Armen an. Der Kamelbesitzer gibt eins dem Fußkranken. Allen ist geholfen. Aber vielleicht ging es in dem Traum um etwas ganz anderes? Während des Wanderns am nächsten Tag denkt sie ständig darüber nach.

Nach etlichen Tagesreisen stehen sie endlich kurz vor Jerusalem. Sie will schon jubilieren, dass sie nun am Ziel sind. Jedoch ihre Überraschung ist groß, als sie des Abends merkt, die Sterne weisen weiter, über Jerusalem hinaus, weiter gen Mittag.

Etwas enttäuscht ziehen sie um die Stadtmauern herum. Vielleicht ist das auch gut so, denn in Jerusalem ist alles in Aufruhr und in Bewegung. Als sie sich umhören, erfahren sie, dass es um eine Volkszählung geht und dass die Männer sich in ihren

Geburtsort aufmachen sollen. Der römische Kaiser Augustus habe das angeordnet. Außerdem gibt es in der Stadt wohl etliche Propheten, die von einer Zeitenwende erzählen. Denn viele Menschen sind mit der römischen Herrschaft und König Herodes unzufrieden. Es brodelt im Volke. Ein neuer Messias wird erwartet. Die Propheten streiten miteinander. Kommt er mit einem feurigen Wagen wie ehedem Elia? Führt er ein eigenes Heer heran? Wird er Wunder tun wie dereinst Mose?

Ein Markt vor den Toren der Stadt erregt ihre Aufmerksamkeit. Hier werden kaum Tiere und Früchte gehandelt, sondern eher Werkzeuge, Heilmittel, Teppiche und Kleidung. An einem Stand sieht sie zum ersten Mal in ihrem Leben Landkarten. Sie sind von Hand mit schwarzer und roter Tinte auf Pergament gezeichnet. Vorsichtig werden sie gerollt und in einem Rohr aus Leder aufbewahrt. Lange verweilt sie bei den Karten, lässt sich die Symbole erklären. Eine Karte hat es ihr besonders angetan: Eine Himmelskarte. Schnell erkennt sie, dass sogar die Bahnen von einigen Sternen eingetragen sind. Sie handelt eine ganze Weile. Da der Händler von ihrem Wissen angetan ist, lässt er sich auf einen annehmbaren Preis herunterhandeln. Glücklich verstaut sie die Karte in ihrem Gepäck.

Als Haron von der Volkszählung hört, sagt er:

Gut, ich bin Grieche, für mich gilt die Zählung offensichtlich nicht. Wenn ich mich in meinen Geburtsort begebe, ich müsste sehr, sehr weit reisen. Er schmunzelt. Würdest Du mitkommen? fragt er Hannah.

Sie überlegt und antwortet dann: Ich bin gerne mit Dir zusammen, mein Liebster, aber Du weißt, ich folge einem Stern und habe einen Traum, den ich mir erfüllen will. Danach werde ich mit Vergnügen Deine Frau. Aber ich kehre erst noch einmal zu Jedida zurück. Das habe ich ihr versprochen. Bitte begleite mich dorthin.

Sie brauchen noch fast zwei Tage, um Jerusalem und seine Vororte hinter sich zu lassen.

Kapitel 28 – Der Stalker

Anna erklärt, dass es in ihrem Haus eigentlich keine Regeln gibt, bis auf Achtsamkeit bei brennenden Kerzen und ...

... ein lautes Hupen, das von draußen kommt, unterbricht sie. Grelle Scheinwerfer leuchten durch die Fenster hinein. Alle sind erschrocken. Kommt da noch jemand, um Weihnachten mit ihnen zu verbringen? Sie gehen an die kleinen Küchenfenster. Hat sich jemand verirrt? Ganz im Gegenteil. Es ist dieser Typ, der Jacky schon des längeren verfolgt, der Stalker!

Er war mal ein Freier, erklärt sie den anderen. Aber dann wollte er mich nur für sich haben, wollte mich besitzen.

Sie erkennt ihn an der Lederjacke und den kurz geschorenen Haaren und wie er jetzt breitbeinig mit Cowboystiefeln aus dem Auto steigt.

Sie stöhnt auf: Scheiße! Wie kommt der denn hierher? Wie konnte der mich finden? Sie ruft den anderen zu: Ich regle das! und läuft hinaus.

Der Mann lehnt an seinem sichtbar getuneten Fahrzeug. Er lässt den Motor laufen.

Jacky ruft: Alex, sag mal, bist Du bescheuert? Verfolgst Du mich?

Er antwortet: Hey Baby, wir gehören zusammen. Wo Du bist, will ich auch sein! Was machst Du hier Schönes?

Hau ab! schreit Jacky.

Inzwischen sind Cybella und Anna hinter Jacky getreten. Sie stehen da, von den Scheinwerfern angestrahlt, wie drei Heldinnen auf einem Filmplakat – „Drei Engel für Charlie"? Ein Wind hat eingesetzt und lässt die Haare der Frauen eindrucksvoll flattern.

Der Mann ist einen Moment von dieser Übermacht verunsichert, dann fasst er sich wieder und ruft grinsend: Ja, aber hallo. Wen haben wir denn da? Das wird ja immer besser – mit Dreien hab ich's noch nicht getrieben. Das gibt eine schöne ...

In diesem Moment kracht ein Dreschflegel auf seine Motorhaube. Linn hat sich ihre Motorradkombi angezogen, ist hinten aus dem Haus geschlüpft und hat in der Scheune an der Wand dieses Teil gefunden. Nun ist sie herangeschlichen und holt gerade zum zweiten Schlag aus.

Scheiße! brüllt der Mann, bist Du wahnsinnig? Der ist frisch lackiert!

Der Dreschflegel donnert auf das Autodach.

Brauchst Du Deine Windschutzscheibe noch für die Rückfahrt? faucht Linn ihn an.

Kreischend und fluchend springt der Typ auf sie zu. Der Dreschflegel knallt statt auf die Scheibe vor ihm auf den Boden. Erschrocken prallt Alex zurück.

Ihr spinnt doch alle total! schreit er.

Rückwärts steigt er in seinen Wagen: Das werdet ihr mir bezahlen! Ich werde Dich finden, Jacky! Immer! Egal wo Du bist. Du gehörst mir!

Fluchtartig verlässt Alex mit durchdrehenden Reifen den Hof.

Jacky, Linn und Cybella jubeln. Nur Anna bleibt nachdenklich. Als sie wieder in die Küche gehen, sind alle aufgekratzt. Als es etwas ruhiger wird, meint Anna:

Wir haben vielleicht diesmal gewonnen, aber meint Ihr, er wird Ruhe geben? Wir hätten ihn vielleicht auch friedlich überzeugen können.

Ich kenn den schon länger, sagt Jacky. Wenn der Contra kriegt, ist er ganz klein, der weint sich jetzt bei Mami aus. Warum, denkt Ihr, hat der so ein dickes Auto?

Linn prustet los: Weil er einen kleinen Schnippi hat …

Nun kann sich auch Anna nicht mehr halten. Alle lachen ausgelassen.

Als es wieder ruhiger wird, fragt Cybella: Wie konnte der Dich finden? Er ist ja nicht hinter uns hergefahren und hat eine Nacht im Auto draußen gewartet, oder? Er hat gesagt, er findet Dich überall. Sie überlegt: Ist Dein Handy noch an, Jacky?

Nein, antwortet diese, ich habe es schon zu Hause ausgeschaltet. Und hier ist ja wohl auch kein Empfang.

Mhhm, meint Cybella, ich kenn mich ja aus Spionagetechnik, dann kann es sein, dass er einen Tracker benutzt hat. Wo könnte er ihn angebracht haben? Sie überlegt einen Moment: Ich hab' da was.

Sie verschwindet und kommt bereits nach wenigen Minuten wieder. Sie hält ein kleines Gerät in der Hand, das leise schnelle Piepgeräusche von sich gibt. Cybella hat zwar nicht viel Elektronik dabei, aber das kleine Gerät, kleiner als ein Handy, schleppt sie immer mit sich herum.

Der Tracker muss hier im Haus sein, sonst würde er nicht so schnell piepen, sagt sie. Sie gehen zusammen durchs Haus. An Jackys Handtasche, die im Flur hängt, gibt es einen Dauerton. Alle schauen sich und dann die Tasche an.

Jacky kippt den Inhalt auf ein kleines Tischchen. Der Tisch reicht fast nicht, um den ganzen Inhalt aufzunehmen. Stifte aller Art, Taschentücher, Schminkutensilien, Paketschnur, eine Dose Melkfett, ziemlich viele Kondome, ein Femidom, ein Vibrator, eine Geldbörse, Visitenkarten, eine recht große Schere, ein Lineal, eine Lupe, zwei Feuerzeuge, eine weiße Haushaltskerze, eine Pfefferspraydose, eine Packung Ibuprofen, eine runde Blisterpackung Antibabypillen ...

Du hast ja mehr Zeug in Deiner Handtasche als *Hermine Granger*, ruft Cybella lachend und fährt mit ihrem Gerät über die Gegenstände. Es kommt ein Dauerton.

Da! faucht Jacky. Triumphierend hält sie einen dicken Eddingstift in der erhobenen Hand. Den kenn ich nicht, den hab ich nicht da rein getan, den muss mir der Mistkerl bei einem seiner Besuche da reingeschmuggelt haben! Schaut mal, wie schwer der ist!

Cybella untersucht den Stift: Er ist schwerer als ein normaler Edding, wahrscheinlich enthält er innen eine Batterie und Elektronik. Mit einem von Jackys Kugelschreibern, drückt sie einen winzigen Schalter in einer kaum sichtbaren Vertiefung.

Das Piepen hat aufgehört. So, jetzt ist es aus, sagt Cybella mit einem grimmigen Lächeln. Sie gehen aufgedreht zurück in die Wohnküche.

Cybella drückt das Teil in einen Blumentopf mit Basilikum. Alle lachen.

Jetzt müssten wir es nur noch an ein x-beliebiges Fortbewegungsmittel hängen, was hier zufällig vorbeifährt und wieder einschalten, meint Cybella.

Oh, sagt Anna, morgen kommt vielleicht der Postbote, den könnten wir fragen, ob er es eine Weile spazieren fährt, das würde unseren Stalker ganz schön durcheinanderbringen.

Wieder müssen sie schmunzeln.

In dieser Nacht kann Jacky nicht schlafen. Der Stalker geht ihr durch den Kopf. Aber auch die vielen anderen Typen. Sie spürt es richtig körperlich: Alles tut weh. Sie hat nicht nur ihren Körper gegeben. Auch ein Stück ihrer Seele! Genau das ist es, sie hat immer etwas von sich gegeben, hat versucht das Gefühl, das Herz abzuspalten. Und? Hat sie etwas bekommen? Klar, Geld, ein bisschen Luxus, ein bisschen Macht über die Männer. Immer ein Hauch von Gefahr. Sie hat ihren Schutzengel schon manchmal ganz schön strapaziert. Oder war's eine Engelin? Aber sonst, was hat sie sonst bekommen?

Eine tiefe Traurigkeit macht sich in ihr breit. Sie muss jetzt aufpassen, dass sie nicht in ein bodenloses Loch fällt. An etwas Gutes denken, sagt sie sich. Aber an was? Jacky geht plötzlich die schöne Frau durch den Kopf, die sie von ihrem Fenster aus sah, die, die einfach entschwand. Was hielt sie da in ihren Armen? Etwas für sie? Erst in den Morgenstunden schläft sie ein.

Kapitel 29 – Der Berg – Jael und Aaron

Nach vielen Tages- und Nachtritten erreichen Jael und Aaron am frühen Abend einen kleinen Berg. Es scheint als ob der Stern hier nicht weiter wandern wolle. Seine Aura ist größer geworden. Beim Aufstieg auf den Berg kommen sie an einem Felsen vorbei. Eine Inschrift in Stein gemeißelt enthält zwei Worte:

Das eine könnte hebräisch sein, das andere lateinisch, meint Aaron. Er kann ein wenig lesen und entziffert mühsam die einzelnen Buchstaben. Er weiß noch, dass er das erste von rechts nach links, das andere von links nach rechts lesen muss. Aber er kennt die Worte nicht. Er liest sie Jael vor. Sie bedeutet ihm mit Gesten, dass dieser Ort oder dieser Berg so heißen könnte.

Sie reiten langsam den Berg hinauf, der weder steil noch steinig ist, und landen auf einer runden Bergkuppe, die von wenigen Sträuchern und etlichen Zypressen und Zedern bewachsen ist. Eine Feuerstelle findet sich in der Nähe, von großen Steinen umgeben, so, dass man von weitem nicht gleich einen Feuerschein erkennen kann.

Ist dies das Ziel ihrer Reise, das Ziel ihrer Sehnsucht? Was gibt es hier Besonderes?

In der kommenden Nacht träumt sie viel, kann aber am Morgen nur ein Wort erinnern: *Wartet!*

Sie erklärt es Aaron. Er ist nicht begeistert und sieht den Sinn der Reise immer mehr schwinden. Sind das alles nur Traumbilder ohne Bedeutung, die seine Schwester hat? Er sehnt sich zurück nach den Zelten der Familie. Aber er denkt erst einmal praktisch: Sie brauchen jetzt Wasser und Nahrung, da ihre Vorräte fast zu Ende sind.

Aaron macht sich auf den Weg ins nächste Dorf. Von dem Hügel hat er einen guten Rundum-Blick. Er ahnt, wo er Wasser holen kann für sie und die Pferde. Er wird beide Pferde mitnehmen, so kann er mehrere Wasserschläuche befördern. Atada will ungern von Jael fort, aber sie brummt ihr etwas ins Ohr.

Seine Schwester lässt Aaron nur widerstrebend alleine zurück, aber sie deutet ihm mit Zeichen an, dass sie sich verstecken wird, wenn jemand sich nähert.

Jael sucht sich eine ruhige Stelle und schaut in die Richtung, die der Stern am Abend zuletzt gewiesen hat. Sie versenkt sich ins Gebet. Ein Summen formt sich in ihrer Kehle. Wenn sie nur singen könnte, dann könnte sie auch sprechen, ja, dann könnte sie Jahwe loben und preisen. So wie sie es schon bei anderen Menschen gesehen und gehört hat. Nach einiger Zeit wird sie schläfrig. Die Sonnenwärme nimmt zu und lässt sie einschlafen. Sie ahnt nicht die Gefahr ...

Jemand anders ist von der Hitze wach geworden. Eine Viper lebt nicht weit entfernt zwischen den Steinen. Sie spürt schon leichteste Erschütterungen und das Atmen und den Geruch eines Warmblüters. Sie nähert sich Jaels Ruheplatz absolut lautlos und verharrt vor ihrem Kopf. Aber dieser Mensch gehört nicht in ihr Beuteschema. Sie würde allerdings mit ihren Giftzähnen sofort zubeißen, wenn jemand sich auf sie legt oder setzt – oder sich bewegt.

Jael erwacht und schaut direkt in die Augen der Schlange. Jeder andere Mensch würde jetzt aufspringen, fliehen und sich damit in Gefahr bringen. Aber sie ist ein Nomadenkind. Sie schaut in die Pupillen mit dem aufrechten Spalt, bewundert die wunderschöne Zeichnung auf Kopf und Körper des Tieres. Einerseits weiß sie, dass sie an dem Biss dieser Viper sterben könnte. Andererseits ist sie fasziniert von diesem Geschöpf. Die Schlange merkt nun auch, dass dies Lebewesen hier zwar lebendig, aber keine Bedrohung darstellt. Mäuse und Feldhamster wären eher ihre Nahrung. Als ob sie die Bewunderung der Frau spürt, zieht sie sich ein wenig geschmeichelt zurück.

Jael denkt einen Satz, mit dem viele Gebete beginnen: *Baruch atta adonai elohenu - gepriesen seist Du, Ewiger, unser Gott.* Ihr fällt die Geschichte von Mose ein, der eine eherne Schlange machte und wer auf sie blickte, wurde geheilt. Ob auch sie geheilt werden könnte von ihrer Stummheit?

Einige Stunden später hört sie Pferde den Hügel hinauf traben. Sie erkennt an den müden Schritten auch, dass sie schwer beladen sind. Ja, es ist Aaron mit beiden Pferden. Freudig begrüßt sie ihn. Er hat viel Wasser, Brot, getrocknete und frische Früchte mitgebracht. Außerdem erzählt er von der Zählung des Volkes und dass bei vielen Bewohnern des Dorfes Aufregung sei. Nicht nur weil es gerade eine Menge Reisende gibt, sondern auch weil von einem neuen König erzählt wird. Die Leute hoffen auf ein Ende der römischen Herrschaft. Aber es gibt wohl etliche sich widersprechende Gerüchte. Manche wollen die Römer mit Gewalt vertreiben, manche sagen, der neue König sei ein *Friedensfürst,* der zwar *stark* sei, aber ohne Gewalt ein neues Königreich errichten wolle. Aaron redet sich richtig in Rage. Seine Augen leuchten. Er wäre gerne dabei, wenn die Römer vertrieben werden.

Jael lässt sich von der Aufregung des Bruders anstecken. Ja, das wäre schön, ein starker Gott, ein starker König, der Schluss macht mit den Räubern und die Herrschaft der Römer beendet. Und sie hätten wieder einen eigenen König ... Haben diese Ereignisse mit ihren Träumen und mit ihrer Reise zu tun? Aber warum dann warten? Und worauf?

Sie erklärt ihm mit Gesten, was sie mit der Schlange erlebt hat und zeigt ihm ihre Spuren. Aaron nimmt sie in die Arme und sagt, er möchte sie niemals verlieren.

Kapitel 30 – Hannah erreicht Gilo

Nach etwa zehn Tagesreisen sind Hannah und Haron in der Nähe von Bethlehem. Dort erreichen sie einen Hügel, den die Leute Gilo nennen. Der Stern, dem sie folgen, hat nun eine noch stärkere Aura entwickelt. Durch ihren Sehstein kann sie das genau beobachten. Sollte hier ihr Ziel liegen? Wie kann sie das herausfinden?

Sie decken sich noch mit Wasser ein, dann besteigen sie den Hügel. Oben gelangen sie auf eine mit wenigen Gräsern, Sträuchern und Bäumen bewachsene Hochebene. Einige Felsen und Steine bedecken den Boden. Sie sind dort nicht allein. Andere haben sich dort ebenfalls niedergelassen. Aber die erste Nacht verbringen sie abseits für sich unter freiem Himmel. Sie liegt in Harons Arm und schaut nach oben. Auf einem Hügel die Sterne zu beobachten ist noch imposanter als in der Ebene. Die Luft ist reiner und das Auge kann noch mehr Sterne erblicken. Ja, es scheint, als ob diesem Ort eine besondere Bedeutung zukommt - der Stern scheint anders zu leuchten! *Wie mit neuen Sinnen beginnt sie ihn zu empfinden.*

Am Morgen hat ein Wind vom Meer feuchte Luft herbeigetrieben. In der Morgenkühle entsteht ein leichter Nebel auf dem Hügel. Hannah steht auf und staunt, weil sie erst selten Nebel gesehen hat. Schwaden in verschiedenen Formen ziehen herauf. Da – geht da nicht eine Frau in dem Dunst? Sie hat kein Gewand an – doch, aber es liegt ganz eng an ihrem Körper, betont ihre Kurven. Eine Fremde, aus einem anderen Land? Und die Frau geht nicht, sie scheint zu schweben. Ein Dschinn, ein Geist? Ein Schauer läuft ihr über den Rücken. Soll sie fliehen?

Haron rufen? Die Fremde schaut erschrocken, dann entschwindet sie in den Nebelschwaden.

Hannah fragt sich, was das alles bedeuten soll. Sie sehnt sich nach einem *Ratgeber*, jemand, der ihr so wie Nebat, erklären und raten kann, was die himmlischen Erscheinungen und die Träume zu bedeuten haben.

Kapitel 31 – Der Berg – Das Treffen

Tage später erreichen Deborah und Tabea erschöpft einen Berg.

Enoch ruft: Das soll ein Berg sein?

Abiel meint: Großer Hügel würde eher passen. Er hat keine Spitze.

Dafür erkennt man eine leicht gewölbte Hochebene. Deborah möchte erst einmal ausruhen. Sie ist etwas enttäuscht. Hat der Stern sie hierher gelenkt? Aber sie ahnt ganz tief innendrin, dass hier etwas Besonderes auf sie wartet.

Dann treffen sie auf zwei weitere Frauen und noch zwei Männer. Was hat sie hierher geführt? Sollten sie auch von dem Stern und von diesem Ort wissen?

Nach anfänglicher Zurückhaltung begrüßen sie sich. Vorsichtig stellen sie sich vor und erzählen, woher sie kommen. Sie sprechen die gleiche Sprache, allerdings mit unterschiedlichen Mundarten. Nach kurzer Zeit stellen sie überrascht fest, dass auch die Neuankömmlinge von einem Stern hierhergeführt wurden. Sogleich fühlen sie sich einander verbunden. Sie setzen sich, erst noch Frauen und Männer getrennt. Die Männer entfachen ein Feuer, schließen schnell Freundschaft und erzählen sich die Abenteuer der vergangenen Wochen, nicht ohne alles mit Heldentaten auszuschmücken.

Am anderen Feuer sitzen die Frauen. Auch sie sind auf seltsame Weise erregt. Was wird geschehen? Hannah meint, es könnte ein feuriger Stern vom Himmel auf die Erde fallen. Nebat hat ihr von solchen Ereignissen erzählt. Und es muss etwas ganz Außergewöhnliches passieren, da sie unabhängig voneinander von Träumen, Sternen und ihren Sehnsüchten hierher geleitet wurden. Bis auf Jael erzählt jede nun ihre Geschichte.

Und das Staunen ist groß, dass sie alle von weit her dem Stern gefolgt sind. So wird es Abend und bald dunkel. Die Männer versorgen die Tiere, sammeln Holz, holen Töpfe und schon ist ein munteres Zusammensein entstanden. Die Frauen verteilen ihre mitgebrachten Fladen, Früchte und Nüsse auf kleinen Schilfmatten.

Nach dem gemeinsamen Mahl sitzen sie gedankenerfüllt ums Feuer. Sie schauen in die Flammen, hören dem sanften Knistern zu. Da ist eine ungestillte Sehnsucht und eine unruhige Erwartung in ihnen. Deborah sieht die Funken des Feuers aufstieben, in den Himmel, wie Sterne. Sie schaut nach oben. Die Funken verglühen mit ihren roten Spuren in der Dunkelheit. Die Lichter des Himmels sind heute noch heller zu sehen. Flimmern die Sterne heute nicht stärker?

Tabea hat wie ein Kind ihren Kopf in Deborahs Schoß gelegt. Sie schaut nun auch öfter zu den Sternen auf. Ist da vielleicht doch ein Gott? Einer, der sich um sie kümmert? Einer, der allem einen Sinn gibt? Auch sie sieht in dem Stern mehr und mehr etwas, was Heil bringen könnte.

Haron sitzt hinter Hannah und diese lässt sich in seine Umarmung fallen. Jael und Aaron sitzen aneinander gelehnt. Enoch hat seinen Arm um Abiel gelegt. Sein Kopf ruht auf dessen Schulter. Die Pferde schnauben manchmal leise hinter den Büschen. Von den Kamelen hört man sanftes Kauen.

Da ruft Deborah aufgeregt: Schaut mal der Stern! Er hat sich verändert!

Tatsächlich. Nun reiben sich die anderen ihre Augen und sehen, was Deborah gemeint hat. Die Aura des Sternes ist größer geworden. Seine Farbe scheint sich zu verändern. Ist es überhaupt nur eine Farbe? Nun sehen es alle: Der Stern wandelt ständig zwischen gold, gelb, silber, dann wieder bläulich und rötlich. Große Verwunderung macht sich breit...

Alle sind sprachlos. Nur Jael summt eine Melodie, die ihr gerade in den Sinn kommt...

Und nun spüren sie es - von dem sich wandelnden Stern gehen Strahlen aus, bis zu ihnen auf den Hügel und noch weiter, in das naheliegende Städtchen. Als ob sie dort etwas Außergewöhnliches erleuchten wollen. Alle Männer und Frauen werden erfasst von einem ehrfürchtigen Staunen – einem Erschauern – sie stehen auf – neue Scheite werden ins Feuer geworfen. Aus den Kehlen der Frauen kommen Freudenlaute. Eine fängt an zu singen, die anderen fallen nach und nach ein. Tränen schießen Jael in die Augen. Wie gerne würde sie mitsingen. Sie presst die Lippen zusammen, denn die anderen Menschen wenden sich meist ab, wenn sie ihre unartikulierten Laute ausstößt. Aber summen kann sie und das tut sie nun voll Inbrunst.

Die Männer sind ebenfalls staunend aufgestanden. Was geschieht da? Was sollen sie tun? Sind die Frauen nicht bei Sinnen? Müssen sie sie beschützen? Vom Feuer wegreißen? Während sie noch unentschlossen schauen, ist Jael die erste, die einfach einen der Begleiter Deborahs stumm an der Hand nimmt und mitzieht. Eigentlich unerhört, aber heute Nacht ist alles seltsam.

Die anderen Männer holen Trommeln, klatschen in die Hände, stampfen mit den Füßen auf den Boden…

Die Flammen stieben empor. Immer höher. In den rot-goldenen Funken zeigen sich kleine Blitze …. Die Wärme erhitzt die Haut, es riecht nach Zedernholz und Rauch und – nach Wundern.

Tabea fühlt sich an frühere Zeiten erinnert. In ihrer Diebesbande war es üblich, nach einem geglückten Diebeszug ausgelassen zu feiern und zu tanzen. Dass auch Männer dabei waren, war zwar verrucht und ihre Eltern hätten sie verstoßen, wenn sie es erfahren hätten, aber es hatte ihr immer gut gefallen.

In dieser Nacht ist alles anders. Alles scheint intensiver zu sein. Das Firmament scheint zu summen, alle Himmelskörper leuchten stärker, verwirbeln mit den Funken des Feuers. Was sind Sterne, was Funken? Alles vereinigt sich zu einem Feuerwerk der Sinne. Der Boden unter ihren Füßen fühlt sich fester an. Die Nachtluft prickelt beim Einatmen. Die Pferde und Kamele spüren es auch. Sie tänzeln aufgeregt, schnauben. Alles Empfinden scheint verstärkt, *neu und anders* zu sein.

Kapitel 32 – In einer anderen Welt und Zeit

Das gemeinsame Essen ist fröhlich zuende gegangen. Heiß ist ihnen geworden. Der Ofen brummt und glüht, das scharfe Essen, die Gespräche haben sie erhitzt. Die Luft im Raum scheint zu brennen. Jacky ruft:

Wollen wir eine Weile zum Abkühlen hinaus gehen, in den Schnee?

Alle sind begeistert. Draußen warten frischer Neuschnee und ein sternenklarer Himmel auf sie.

Fürsorglich nimmt Anna Wolldecken für alle mit. Sie schauen hinauf in den klaren Himmel. Staunend betrachten sie das Sternenmeer. Welche Pracht! Ehrfürchtiges Bewundern erfasst sie. Fühlt sich nicht alles intensiver an? Sie erschaudern und greifen bereitwillig nach den Wolldecken. Linn fragt nach einer Weile:

Anna, können wir im Hof ein Feuer machen?

Anna zeigt ihnen, wo es Feuerholz in der Scheune gibt. Das trockene Holz ist schnell aufgeschichtet und brennt sofort. So stehen sie eine Weile schweigend um das lodernde Feuer. Ihnen ist seltsam zumute, als ob die lodernde Glut, die Nacht und der Himmel sie mit mehr verbindet als sie ahnen. Sie stehen versunken um die

Flammen, sind in ihre Gedanken vertieft. Und da – sie wissen nicht wie ihnen geschieht. Sie beginnen leise zu summen, dann immer lauter. Töne und Summen verbinden sich mit dem Prasseln des Feuers und dem Knacken der brennenden Hölzer, es kommt tief aus ihrem Innern heraus...

... Es ist die Hitze der Flammen, die alles vor den Augen verschwimmen lässt, auch die Menschen im Kreis erscheinen undeutlicher. Deborah spürt, wie sich etwas in ihr verbinden will mit einer andern Welt.

Das Feuer lodert auf einmal eigenartig anders. Hohe Flammensäulen entstehen. Klänge ertönen von irgendwo her. Funken sprühen in rotgoldenen wechselnden Farben. Die vier Frauen stehen mit ihren Wolldecken staunend davor.

Jael spürt eine Hand. Aaron hat sie an der Hand genommen, das fühlt sich gut an. Sie ist mit vielen Brüdern aufgewachsen und hat keine Scheu. Sie schaut zur anderen Seite und gewahrt eine Frau, die vorher noch nicht da war. Wo kommt sie her?

Cybella hat begonnen sich hin und her zu bewegen. Ist da nicht ein Trommeln zu hören? Ja, sie will tanzen. Sie greift nach rechts, aber da ist nicht Anna, sondern eine Frau, die dem Feuer entstiegen zu sein scheint. Sie trägt ein dunkles langes Gewand und schaut genauso erstaunt wie sie. Die Frau will etwas sagen, kann aber nicht sprechen. Aber Cybella versteht diese Frau. Als ob sie mit ihr innerlich verbunden zu sein scheint.

Welch fremdes Aussehen diese Frau hat, denkt Jael. Sie muss von weither kommen. Und solche hellroten Haare hat sie noch nie gesehen. Sie versucht sie genauer zu betrachten, was durch das Tanzen, die Flammen, den Rauch und das Ziehen der Männerhand auf der anderen Seite erschwert wird. Trägt die Frau gar kein Gewand? Doch! Das liegt ganz eng an ihrem Körper an, gewagt! Und am Handgelenk trägt sie einen merkwürdigen Schmuck, von dem ab und zu ein Leuchten ausgeht. Die kommt bestimmt von sehr, sehr weit her. Sie würde gerne mit ihr sprechen, sie will schon ein paar Laute ausstoßen, aber da sagt der Blick der fremden Frau: Ist gut, ich versteh Dich ohne Worte... dann dreht sich alles, dreht sich um sie herum, in ihr, sie überlässt sich dem Rhythmus der Trommeln und der Bewegungen.

Linn wirft ihre Decke ab und bewegt sich wild – der Sound der Trommeln wird langsam schneller, hört sich an wie eine Harley im unteren Drehzahlbereich. Eine Hand packt ihr Handgelenk. Sie erschrickt erst, aber es ist eine Frauenhand, an der goldene Ringe klimpern. Sie schaut nach rechts, da tanzt eine weitere wilde Frau, vielleicht 40 Jahre alt mit hellem goldbestickten Kleid.

Deborah schaut nach links zu der Hand, die sie ergriffen hat, sie gehört einer Frau, die sie noch nie gesehen hat. Wer ist das? Eine Frau mit schwarzen Haaren, wie sie selbst, aber ganz kurz geschnitten. Und was trägt die Frau an ihrem Körper? Ein Fell, einen Umhang? Und sie hat an jedem Bein ein enges Kleid, das in der Mitte der Scham zusammenläuft. Darüber glänzt etwas Silbriges – Schmuck? Dann schaut die Frau sie erstaunt an, dann lächelt sie und dann geschieht etwas ganz Merkwürdiges: Sie wird in diese Frau gleichsam hineingezogen. Sie fühlt sich eins mit dieser Frau, ihre Herzen schlagen auf einmal im gleichen Rhythmus, wie die Trommeln... Es fühlt sich gut an. Die Sandalen der Fremden sind zwar geschlossen und im Schritt wird es ein bisschen eng, sie will gerade ihre Hand dorthin legen... Dann ist sie plötzlich an einem anderen Ort... Nur das Feuer ist dasselbe. Um sie herum liegt, sie kann es kaum fassen, Schnee! Sie kennt ihn nur vom Hörensagen, auf den Bergen des Libanon soll es ihn geben. Sie spürt die Kälte an den Füßen der Frau, mit der sie sich jetzt eins fühlt.

Jacky will erst ein paar Schritte vom Feuer weggehen. Das Getanze ist ihr zu „strange". In Clubs ja, aber am Feuer? Ehe sie sich's versieht, hat eine Hand sie gepackt, sie scheint aus dem Feuer zu kommen. Erst will sie erschrocken die Hand zurückziehen um sich nicht zu verbrennen, aber dann geht ein warmes Schaudern durch sie hindurch. Ein junges Mädchen hält ihre Hand, vielleicht 16 Jahre alt, ihr Blick ist bittend: Lass mich jetzt nicht los ...

... ich weiß nicht, was hier passiert! Werde ich für meine früheren Taten verbrannt? Jetzt nicht sterben! fleht Tabea. Und diese Frau! So etwas hat sie nicht einmal in Jerusalem gesehen. Die offenen hellen Haare, so goldene Haare, sie leuchten richtig im Schein des Feuers. Und langsam verschmilzt sie mit dieser Frau, sie ist älter als sie selbst, sie hat viel erlebt, sehr viele Männer erlebt, ein Schreck durchfährt sie, als sie das spürt. Aber dann ist das Feuer da, vertreibt, verbrennt die Gedanken und sie lässt sich ...

... fallen, Jacky spürt die Sehnsucht dieses Mädchens, fängt sie auf, spürt eine neue Bestimmung, eine Hoffnung, die nun auch ...

... Tabea erfasst, ihre Augen blitzen vor Freude und sie gibt sich vollkommen dem Trommeln und Singen hin.

Hannahs Augen tränen von Staub, Rauch und Flammen. Oder ist es Ergriffenheit? Wen hält sie da an der Hand? Es ist eine andere Frau. Sie ist ganz fremd gekleidet, hat eine rote Tunika an. Unglaublich. Das ist etwas völlig Unbekanntes, so jemand hat sie noch nie gesehen. Auch trägt die Frau kein Kopftuch, weißgraue Haare umwirbeln ihren Kopf, sie muss uralt sein, und sie lacht und ...

... sie wirft den Kopf in den Nacken. Anna hat die Augen geschlossen und gibt sich ganz diesem Trommeln hin. Rechts und links fassen Frauen ihre Hand. Sie schwingt sich mit ihnen in einem gemeinsamen Rhythmus. Sie öffnet die Augen. Da sind ja noch mehr Frauen – und Männer! Wo kommen die alle her? Links von ihr bewegt sich ein Mädchen in hellbraunen Stoffen, ein Kopftuch versucht ihre schwarzen Locken zu bändigen, Tränen laufen ihr über die Wangen. Und auf einmal wirbelt sie in und mit der Lockenfrau zu den Sternen empor. Einer strahlt besonders, sie kennt ihn irgendwo her, sie fliegt hinauf, alles dreht sich, sie kann den Himmel sehen, alles ist erleuchtet ...

... dann sinken sie wieder hinunter zum Feuer. Hannah war bei den Sternen, bei ihren Sternen! Unfassbar nahe und dicht und klar.

Anna versucht ihren Verstand einzuschalten. Sie zählt die Frauen im Kreis. Mit ihr zusammen sind es ihrer acht. Auch ein paar Männer scheinen mitzutanzen. Was geschieht hier? Ganz tief innen spürt sie ein heiliges Schaudern, eine über-irdische Begegnung außerhalb von Zeit und Raum. Während sie noch umherwirbeln, tanzen, juchzen, orientalisch trällern, weinen und lachen...

...senkt sich langsam und bedachtsam etwas Heiliges auf sie.

Deborah sieht sich über dem Feuer schweben, fühlt sich eins mit allen ... Die Zeit scheint still zu stehen. Langsam wird alles leiser, leiser, noch leiser und dann ist es ganz still. Sie verlässt ihren Körper und findet sich an einem anderen Ort wieder. Ist sie gestorben?

Anna fühlt sich, ja, kann das sein, in dieser Frau? Spürt die Wünsche, Träume, Sehnsüchte und ist verwirrt, aber auch erfüllt, wie mit einem ganzen zweiten Leben erfüllt. Da ist auch das Kind, das Kind aus den Träumen, das Kind in der Krippe. Ist es nur eine nur Abbildung, eine Illusion, oder ist es etwas Göttliches?

Dann senkt sich Tabeas Körper wieder zurück ans nun ruhiger flackernde Feuer. Die fremden Frauen entschwinden langsam. **Das Heilige ist geblieben.** Und es erfüllt sie.

Irgendwann werden alle stiller, der Rhythmus der Trommeln langsamer und leiser. Das Holz ist nach und nach herunter gebrannt. Nur die Glut und ein paar kleine blaue Flämmchen beleuchten noch die Gesichter. Die Funkengestalten sind dunkler geworden, verblassen langsam, dann verlieren sie sich. Aber sie sind nicht ganz fort, ihre Gegenwart, ihre Wärme ist noch zu spüren. Tabea ist schwindelig, sie schwankt, ihre Füße verlieren den Halt – zwei Arme fangen sie auf, umfangen sie, halten sie.

Im Schwarzwaldhof geben die letzten brennenden Scheite dem Schnee einen rötlichen Schein. Das Tanzen und Trommeln ist zuende gegangen. Erschöpft halten sich die vier Frauen an den Händen. Ihre Gesichter sind rot und glühen. Wo sind die anderen geblieben? Was ist da gerade geschehen?

Es wird kühler. Nachdenklich begeben sich alle hinein. Keine will nun alleine sein in dieser Heiligen Nacht. Sie setzen sich um die Krippe. Anna legt ein Figürchen, ein Kindlein hinein....

Kapitel 33 – Fürchtet Euch nicht!

Am Fuße des Hügels Gilo haben sich Hirten mit ihren Herden niedergelassen. Bei ihnen scheint nicht wie sonst die abendliche Ruhe einzukehren. Die Schafe blöken lauter, die Hunde bellen aufgeregter. Die Kinder toben ausgelassener umher. Sollten sie nicht längst schlafen? Es dunkelt schon. Wollen sie nachts noch irgendwohin aufbrechen? Wohin?

Ehe die Menschen auf dem Hügel weiter darüber nachdenken können, was da gerade geschehen ist, ertönen vom Fuße des Hügels laute Rufe, Schreie. Die Hirten sind in Aufruhr geraten. Sie deuten immer wieder in den Himmel. Und da, die Frauen und Männer auf dem Hügel sehen es nun auch: Lichter in großer Höhe. Sie nähern sich. Es sind glänzende, leuchtende, helle Erscheinungen. Die Hirten erkennen menschenähnliche Figuren, die scheinbar heranschweben. Nun ertönt auch noch Musik, Chöre, laute deutliche Töne, nie gehörte Weisen, Stimmen und ein Klingen, zugleich lieblich und doch auch gewaltig. Der Himmel, die ganze Luft ist erfüllt von einem überirdischen Gesang. Den Versammelten auf dem Hügel wird nun angst und bange. Sie halten sich an den Händen oder umarmen sich, schauen erschrocken hinauf zu den Erscheinungen am Firmament.

Da ertönt eine gewaltige Stimme, die aus vielen Stimmen zu bestehen scheint. Sie erfüllt die ganze Nacht, erfüllt den Himmel und lässt den Boden vibrieren:

Fürchtet Euch nicht!

So eine gewaltige Stimme könnte eher noch mehr Angst einflößen. Aber gleichzeitig sind die Stimmen so anmutig und die Worte voller Frieden und Zuversicht, dass alle – vom Lamm bis zum Kamel, vom Hirtenmädchen bis zum Stammesältesten, von der Fürstin bis zur Diebin - gebannt in die Höhe schauen, horchen und ehrfürchtig der Dinge harren, die da kommen.

Die mächtigen Stimmen erzählen von einer neuen Zeit, von neuer Hoffnung und neuer Zuversicht für die ganze Welt. Ein neues Königreich werde kommen. Und unfassbar – dies liege in der **Geburt eines kleinen Kindes** – heute Nacht – ganz in der Nähe – in einem Stall. Die Hirten sollen nun hingehen und schauen.

Wieder singen die himmlischen Scharen. Diesmal leiser, als wollten sie die letzten Worte nicht verwehen und das kleine Kind nicht aufwecken. Die Lichtgestalten verblassen und bald ist der Himmel wieder dunkel wie vorher. Aber in den Hirten brennt nun ein anderes Feuer. Sie sind aufgeregt. Alles scheint zu strahlen. Sie packen in Eile ihre wenigen Habseligkeiten und ziehen mit ihren Schafen los, scheinen genau zu wissen wohin.

Bald ist in der sternenklaren Nacht von der ganzen Herde nur noch eine Staubwolke zu sehen. Das Blöken und Bellen wird leiser, und es kehrt wieder Stille ein.

Ratlos bleiben die vier Frauen und die vier Männer auf dem Hügel Gilo zurück. Sie sind erschöpft vom Tanzen, der Aufregung und den himmlischen Ereignissen. Die Nacht ist fast vergangen, ein rötlicher Schimmer zieht bereits am Horizont auf. Nur der helle Stern mit der Aura ist noch zu sehen. Scheinbar regungslos steht er am Morgenhimmel. Müde sinken alle auf ihre Lager, aber der Schlaf will sich nicht leicht einstellen.

Stille Nacht, Heilige Nacht – Anna hat sich ans Klavier gesetzt und spielt diese Melodie und beginnt dieses alte Weihnachtslied zu singen. Nach und nach fallen alle ein, anfangs noch nicht ganz textsicher, aber sie wiederholen die Strophen ein paar Mal. Dann wird es still in dem großen Raum. Jede nimmt sich eine Decke. Eine einsame Kerze brennt noch neben der Krippe. Anna löscht sie. Und mit der Heiligen Familie in der Krippe, den Schafen, dem Ochsen und dem Esel zusammen schlafen sie erschöpft ein.

Kapitel 34 – Der Morgen einer neuen Welt

Hannah ist als erste auf den Beinen. Die anderen liegen noch auf ihren Matten und ruhen sich von den Erlebnissen der Nacht aus. Hannah hatte einen furchtbaren Traum:

Eine Hyänenmeute nähert sich ihrem Schafstall. Die Tiere wittern ein frisch geborenes Lamm. Sie streichen immer wieder um den Stall herum. Die anderen Schafe werden unruhig, blöken laut. Dann geraten sie in Panik, brechen aus der Hütte aus und fliehen. Aber die Hyänen gehen nicht hinterher, sie wollen das Lamm. Schließlich ist sie, Hannah, alleine mit dem Lamm im Stall. Sie zittert vor Angst. Die Tiere riechen das. Das Tor fliegt

auf, sie stürzen herein und Hannah wirft sich über das Lamm. Sie
spürt den stinkenden Atem der Hyänen. Jeden Moment erwartet
sie die Fangzähne im Nacken zum Todesbiss. Dann ist es plötz-
lich still und ein Säugling beginnt zu weinen.

Als sie erwacht, hat sie immer noch das Weinen im Ohr...

Die Nacht war doch so voll Hoffnung, die trägt und Vieles bewegt – und nun dieser schreckliche Traum. Hannah muss mit
dem Tagwerk beginnen, um sich abzulenken. Sie tut etwas,
was sie von Jedida gelernt hat: Nahrung haltbar machen. Für
das Leben unterwegs eine gute Vorsorge. Dazu nimmt sie getrocknete Früchte wie Datteln, Feigen, Maulbeeren und zer-
reibt sie mit den Gewürzen Kardamom und Sternanis, mit Ge-
treidekörnern und was sie sonst noch auftreiben kann. Währenddessen muss sie sich immer wieder umdrehen, um zu
schauen, ob da nicht doch noch irgendwo Hyänen sind.

Zusammen mit Honig, etwas Salz und Mehl stellt sie mit den
anderen Zutaten einen Brei her. Den presst sie zu handteller-
großen Fladen, die sie über dem Feuer leicht anröstet. Erst
jetzt schmecken sie gut und halten sich einige Monde lang. Von
diesen Fladen kann man eine Weile leben und Hannah hat immer einen Vorrat für unterwegs bei sich.

Vom würzigen Geruch wach geworden, kommen die anderen
ebenfalls ans Feuer. Dann holt man Wasser für Mensch und
Tier, Fladenbrote aus Weizen werden gebacken, die Pferde
und Kamele versorgt und endlich sitzen alle ums Feuer.

Alle sind ein wenig verlegen. In der letzten Nacht sind sie aus
sich heraus gegangen, ja, außer sich gewesen, haben Grenzen

überschritten. Keine hat alleine geschlafen. Was wollen sie nach dieser Nacht reden, was wollen sie tun? Was ist mit diesen Erscheinungen, diesem Kind? Sie beginnen sich zögernd und noch etwas verhalten ihre Träume zu erzählen. Alle außer Hannah haben von den Engeln und dem Kind geträumt. Jael schweigt. Die Frauen und Männer haben das Gefühl, dass ihre Reise hier nicht zuende ist. Sie ahnen, dass sie weiter geht, sie wollen, dass sie weiter geht, auf neuen Wegen hin zu neuen Zielen.

Die Männer machen den Vorschlag das Kind zu suchen. Hannah hat auch ihren Traum erzählt und deshalb sagt sie:

Das ist eine gute Idee. Ich denke, das Kind braucht Schutz, unseren Schutz. Sucht ihr den Ort, wo wir das Neugeborene finden können und kommt zurück. Wir wollen es dann gemeinsam besuchen.

Aaron und Haron nehmen die Pferde, Enoch und Abiel die Kamele. Mit kernigen Rufen treiben sie sie an und reiten energisch den Hügel hinab und verschwinden in einer Staubwolke.

Kapitel 35 – Es ist wird langsam hell

Eine trübe Wintersonne scheint in den Raum, als Anna in der Küche Kaffee und Tee bereitet. Nach und nach erwachen auch Cybella, Linn und Jacky. Alle haben sie geträumt, von den Frauen im Feuer, den Stimmen am Himmel und von dem Kind im Stall. War das real, was sie da erlebt haben? Sie versuchen die Erscheinungen des Vorabends zu erklären, zu verstehen. Kann Anna ihnen Antworten geben? Als alle dann um den Küchentisch vor dampfenden Tassen sitzen, sagt Anna:

Ich weiß nicht, ob ich mit meinem psychologischen Wissen die letzte Nacht deuten kann. Aber würde uns das überhaupt etwas nützen, uns gut tun? Manchmal ist es richtig, einfach nur die Geschehnisse und Träume zu betrachten. Nicht einfach verfliegen lassen, aber achtsam anschauen. Jede von uns hat die vergangene Nacht anders erlebt. Ich würde mich freuen, wenn Ihr erzählt, wie Ihr die Ereignisse am Feuer wahrgenommen habt und wie Eure Träume dazu waren.

Linn meint:

War das der Stern von Bethlehem, den wir gesehen haben? Gab es ihn wirklich? Und waren diese Frauen auf dem Weg zum Messias? Sie macht eine nachdenkliche Pause. Dann hat meine Spiritualität, die ich schon immer verspüre, einen festen Grund?

Cybella ruft aufgeregt:

Ich habe es schon gespürt, als ich kürzlich hierher kam und den Hirsch sah. Da muss etwas Neues in mir sein! Da ist gestern Nacht mehr als nur ein Funke übergesprungen, ein ganzes Feuer, ein neues Leben ... also – mir fehlen die Worte!

Ich habe den Schubser bekommen, als Linn mich angefahren hat, lacht Jacky, sie ist mein Schubsengel. Sie lacht noch mehr. Ey, ich weiß nun, was ich will: Ich glaube, ich habe noch nie richtig geliebt. Ich will der Liebe in meinem Leben eine neue Chance geben.

Ja, Schubser, das Wort gefällt mir, meint Anna, ich habe auch einen Impuls bekommen. Ich möchte die Visionen, die ich schon eine ganze Weile wahrnehme, in Worte und Sätze fassen, aufschreiben in einem Buch und vermitteln, dass es gut ist auf seine inneren und äußeren Stimmen zu hören.

Kapitel 36 – Was bringen sie dem Kinde?

Hannah überlegt inzwischen mit Deborah, Tabea und Jael, in welcher Gefahr sich das Kind wohl befindet, wenn die Gerüchte stimmen und Herodes es sucht und töten will. Wie könnten sie es beschützen?

Ihr fällt ein, was Nebat ihr oft vom Propheten Jesaja erzählt hat:

Denn ein Kind ist geboren, der künftige König ist uns geschenkt! Und das sind die Ehrennamen, die ihm gegeben werden: umsichtiger Herrscher, mächtiger Held, ewiger Vater, Friedensfürst. Seine Macht wird weit reichen und dauerhafter Frieden wird einkehren. (Jesaja 9, 5)

Deborah meint: Überall sind Kriege – wir müssen versuchen zum Frieden beizutragen und dem Friedensfürst zu Hilfe kommen! Er ist zwar noch ein Kind – aber mein Herz möchte ihn behüten und beschützen.

Dann sprechen sie darüber, dass es überall im Land üblich ist, zur Geburt eines Kindes etwas zu schenken.

Hannah meint, wenn dies wirklich der neue König wird, dann werde ich das Wertvollste schenken, was ich habe.

Nun beginnt ein munteres Gestreite, was denn wertvoll sei. Hannah überlegt, was für *sie* das Wertvollste ist? Ob das ihr Rohr mit dem Sehstein ist? Oder ihr Verlobter Haron?

Deborah wirft ein, ich weiß jetzt, dass ich dem Fürst des Friedens schon in einem Traum begegnet bin. Er wird nicht mit Waffen und Streitmacht anrücken. Er wird die Menschen verändern. Er braucht Schutz, und wir sollten das Schenken aus Sicht des Kindes und der jungen Familie sehen...

Tabea meint, es ist bestimmt wertvoll, dem Kind und seiner Familie das Überleben in den nächsten Wochen und Monaten zu sichern. Ja, wir könnten doch gemeinsam das Kind begleiten, bewachen, die Familie ernähren ...

Dann benötigen wir auf jeden Fall genügend zu essen, meint Hannah.

Und Kleidung, wirft Deborah ein.

Außerdem könnten wir Herodes und seine Häscher in die Irre führen, wenn ein Paar von uns mit einem Bündel im Arm in eine andere Richtung reitet und falsche Nachrichten verbreitet, ruft Tabea. Hat das Kind überhaupt schon einen Namen?

Alle überlegen eine Weile. Dann kommen viele Vorschläge.

Vielleicht Immanuel – Gott ist mit uns, denkt Jael.

Am Abend hören sie ein Pferd. Es ist Aaron. Er kommt alleine zurück und erzählt, die anderen drei sind beim Kind geblieben:

Sie wollen aufpassen, sagt er. Ich werde Euch am nächsten Morgen den Stall zeigen. Das Kind hat einen schönen Namen bekommen, es heißt Jeshua, das bedeutet „Gott rettet".

Kapitel 37 – Geschenke für Jeshua

Bevor sie kurz nach Sonnenaufgang aufbrechen, erzählen sie sich, was sie dem Kind und seinen Eltern mitbringen wollen:

Hannah hat ganz viel Reiseproviant vorbereitet und in kleine Leinensäckchen verpackt, die sie aus einem ihrer Gewänder genäht hat. Deborah will ihren goldenen Schmuck, Gewürze, Salz und ihre gesammelten Heilkräuter schenken. Tabea besitzt nichts, was sie selbst erarbeitet hätte. Ihr Diebesgut hat sie längst weggegeben. Sie will einen Tanz zeigen, nur für das Kind. Und sie will es mit ihren besonderen Fähigkeiten begleiten und beschützen auf der Flucht vor Herodes.

Jael will ihre Stute Atada, die Dornige, schenken. Tränen schießen ihr bei dem Gedanken in die Augen. Aber sie weiß, sie gibt ihr Liebstes für das Kind, das sie im Traum mit den hellen Augen angefleht hat und das sie nun beschützen möchte.

Am Stall angekommen, ist da wirklich das Neugeborene und seine Mutter und sein Vater. Aber, auch wenn es aussieht wie viele kleine Kinder, die wenige Stunden alt sind, so hat es doch eine besondere Ausstrahlung. In seiner Gegenwart scheint die Welt eine andere zu sein. Alle Menschen, die Jeshua anschauen, sehen ihr eigenes Leben plötzlich *wie mit neuen Augen.*

Die Mutter des Kindes, sie heißt Maria, stillt ihr Kind, wie tausende andere Mütter auch, und doch ist etwas anders. Obwohl sie noch sehr jung ist, scheint Maria schon ein weises Gesicht zu haben, das ahnt, was auf ihr Kind zukommen wird.

Der Vater, Josef mit Namen, freut sich über den Besuch und er holt die Besucherinnen aus ihrer besorgten Haltung heraus. Er heißt sie willkommen, nimmt ihnen mit seinen kräftigen Zimmermannshänden die Geschenke ab, bietet ihnen Platz auf Strohballen an, bringt Wasser und Datteln. Er strahlt eine große Zuversicht aus.

Eine Verwandlung geht nun in den Männern und Frauen vor. Sie spüren auf einmal all die Hoffnungen, die Sehnsüchte, die bisher in ihnen schlummerten, und sie werden sich ihrer inneren Kräfte gewahr. Die Erde unter ihnen fühlt sich fester an. Manche empfinden es still in sich, manche möchten es herausjubeln, heraustanzen.

Hannah schaut zu Himmel hinauf, streckt ihre Hände dem Firmament entgegen und fühlt ganz stark ihre Berufung als Sterndeuterin und Seherin. Ja, die Sterne haben ihr den Weg gewiesen, nun will sie diese erforschen und anderen diese Wunder weisen.

Deborah sieht sich erwählt, neue Wege zu gehen. Noch etwas Neues aufbauen möchte sie. In der Heimat hat ihre Tochter nun das Szepter übernommen. Hier kann sie mit den Frauen, die sie unterwegs kennengelernt hat, mit weiteren Frauen und ihren Kindern und Kindeskindern etwas Neues schaffen. Eine neues gemeinschaftliches Leben?

Tabea will die Vergangenheit hinter sich lassen. Sie fühlt in ihrem Herzen, dass sie anderen nichts mehr stehlen, sondern etwas geben möchte. Sie möchte beschützen. Und sie möchte tanzen – für das Kind, für den neuen König. Langsam steht sie auf, sie beginnt sich zu drehen. Ihre Arme und Beine zeigen gelenkige, geschmeidige Figuren. Voller Schönheit und Anmut bewegt sie sich. Maria lächelt und das Kind gluckst vor Begeisterung.

Jael tritt mit Freude herzu. Die Tränen in den Augen sind getrocknet. Sie kniet nieder, die Augen unverwandt auf das Kind gerichtet, sie reicht Josef die Zügel von Atada, und sagt leise: *Für Dich!* Oh Gott, hat sie da gerade gesprochen? Sie versucht es noch einmal: *Für Dich, Jeshua.*

Ja, sie kann wieder sprechen! Jubel bricht aus ihr hervor. Sie beginnt zu singen. Ein wenig stolpern noch die Worte und die Melodien, aber die anderen stimmen mit ein und auf einmal singt ein kleiner vielstimmiger Chor in dem Stall, so dass alle Leute herbei kommen und sich wundern...

Kapitel 38 – Geschenke heute

Anna und die anderen überlegen, was *sie* dem Kind im Stall mitgebracht hätten. Sie stellt die Frage in die Runde:

Was könnten wir ihm hier und heute schenken?

Daraus entsteht ein reges Gespräch. Neue Ideen tauchen auf, werden wieder verworfen.

Schließlich, sagt Linn, ist doch entscheidend, wie wir das Erlebte in unserem Alltag umsetzen können. Vielleicht ist die Veränderung, die Neuorientierung unser Geschenk!

Jede will nun etwas erzählen, in jeder tauchen Gedanken auf, die schon eine Weile in ihnen schlummern.

Anna sagt, ein Geschenk macht immer eine Aussage über die Schenkende und die Beziehung zum Beschenkten, sie blickt in die Runde und fragt sich und die anderen, was wäre wohl mein „Geschenk"? Da ruft Anna begeistert: Ich habe Euch doch von meinem Traum mit den Geschenken erzählt. Ich glaube, ich weiß jetzt, was in dem achten Päckchen ist: Es ist für mich und es ist mein Buch! Mein letztes Buch. Das will ich schreiben.

Aber wenn ich mir vorstelle, sinniert sie weiter, ich stünde jetzt vor der Krippe, was hätte *ich* für das Kind dabei gehabt? Damals wäre es sicher etwas Praktisches gewesen. Aber das Damals ist vorbei. Was dem Jesuskind das Leben gerettet hat, war der Zusammenhalt der Männer und Frauen. Sie stockt. Dieses solidarische Miteinander möchte ich gerne mit Euch, Jacky, Linn, Cybella – und vielleicht noch mit weiteren Menschen leben! Könnt Ihr Euch das vorstellen?

Linn hat auch eine Idee: Ich möchte gerne etwas für andere tun. Ich habe einen sicheren Arbeitsplatz, eine Wohnung … Sie denkt nach. Da gibt es doch die Jugendlichen, die immer auf dem Kirchplatz abhängen. Die lieben Motorräder. Vielleicht eine Motorradschraubergruppe, das wär's …

Cybella meint: Ich wollte mich schon immer für mehr Wahrheit und Gerechtigkeit im Netz einsetzen. Sie macht eine Pause. Außerdem möchte ich einen „Wunder-Blog" schreiben. Ich hab' Euch doch von dem Hirsch erzählt. Für mich war für die

Begegnung ein Wunder. Na, und die Begegnung mit den Frauen am Feuer sowieso...

Jacky: Ey, Mädels, ich ändere erst mal meinen Namen. Irgendwie geht mir seit gestern Abend der Name Tabea im Kopf herum. Vielleicht hieß ja meine Feuerfrau so... Und ich will, dass nichts mehr an Whisky und mein früheres Leben erinnert! Vielleicht ... sie schaut sich im Raum, darf ich zu Dir ziehen, Anna? Ich möchte endlich eine Therapie machen, vielleicht bei Dir. Ja, und ein Studium beginnen... Vielleicht kann ich Dir, Anna, bei Deinem krass neuen Buch helfen und auf Deinem Hof?

Anna lacht: Du weißt nicht, auf was Du Dich da einlässt!

Die vier Frauen beschließen außerdem, sich regelmäßig auf dem Schwarzwaldhof zu treffen. Als erstes planen sie aber eine gemeinsame Reise zum Kölner Dom, ihre *Schwestern* besuchen, von denen sie inzwischen in der Zeitung gelesen haben...

Kapitel 39 – Auf nach Ägypten!

Nicht alle begleiten das traute hochheilige Paar auf ihrer Flucht nach Ägypten. Da immer öfter Soldaten des Königs umherreiten und nach erstgeborenen Jungen fragen, beschließen Jael und ihr Bruder Aaron die Soldaten auf eine falsche Fährte zu locken. Sie ziehen mit einem Bündel, das aussieht, als ob ein Säugling darin wäre, und mit dem Esel nach Jerusalem, der Stadt, die sie schon immer besuchen wollten. Sie hoffen damit, die Aufmerksamkeit vom Kind aus der Krippe und seiner Flucht nach Ägypten abzulenken. Ein weiteres gefährliches Abenteuer beginnt. Werden sie die anderen wiedersehen?

Deborah, Hannah, Tabea reisen mit Haron, Enoch und Abiel gen Ägypten, um das Jesuskind vor den Schergen von Herodes zu beschützen, um ihm in jeder Gefahr zur Seite zu stehen. Warum gerade Ägypten? Josef hat einen Traum gehabt, der ihm dieses Ziel wies. Für Maria ist das eine weitere schmerzliche Erfahrung. Sie ist noch eine ganz junge Frau. Ihr erstes Kind gleich einer Todesgefahr ausgesetzt zu sehen und fliehen zu müssen ist kein schöner Beginn für ihr Familienleben. Doch die Begleitung von Deborah, die eine erfahrene Mutter ist und weiß, was auf Reisen und in Gefahren zu tun ist, beruhigt sie ein wenig.

Was sie nicht wissen, aber ahnen – dieses außergewöhnliche Kind steht auch ihnen zur Seite.

Kapitel 40 – Der weitere Weg der weisen Frauen

Unterwegs schmieden sie Pläne, was sie nach ihrer Rückkehr tun wollen. Jeden Abend sitzen sie zusammen und beratschlagen sich. Die Männer Aaron, Enoch, Abiel und Haron werfen die Frage auf, ob sie nicht auf dem Berg Gilo eine Siedlung anlegen wollen, erst Zelte und dann Hütten bauen...

Deborah heißt dieses Vorhaben gut: Ich könnte uns mit meinem Vermögen und meinem Wissen unterstützen...

Hannah kann sich auch etwas Neues vorstellen: Ich würde so gerne die Sterne beobachten. Sie haben uns so wunderbar geleitet. Ich könnte eine astronomische Schule in der Siedlung aufmachen. Und ich möchte Nebats Stein erforschen, weitere herstellen und das Wissen darüber verbreiten ...

Tabea sieht sich berufen für die Sicherheit der Menschen, die dort leben, zu sorgen: Obwohl die Römer da sind, gibt es immer noch viele Räuber. Das Land ist arm und bietet zu wenig Arbeit.

Ich möchte außerdem wieder tanzen, schwärmt sie. Jeden Abend, wenn es dämmert, lasst uns Feuer machen und zusammen tanzen, tanzen, tanzen! War das nicht ein heiliger Tanz, den wir auf dem Berg Gilo erlebt haben? Brannten nicht unser aller Herzen? Ach, und Aaron, mit dem möchte ich ... auch ... brennen. Sie lacht.

Jael und Aaron fühlen sich tatsächlich wie auf einer Flucht, obwohl sie nicht die Gesuchten sind. Wenn sie dann in einer Herberge zur Ruhe kommen, sprechen sie auch über Ihre Zukunft. Vor allem Jael spricht – sie hat das Gefühl, so viele Worte nachholen zu müssen. Aaron schmunzelt jedes Mal. Aber er wusste schon von klein auf, wie viel Temperament in seiner Schwester steckt.

Jael spricht, und es sprudelt nur so aus ihr heraus, nachdem sie nun wieder sprechen kann:

Ich will Tiere heilen und Menschen, und ich weiß schon ganz viel, was ich von den weisen Heilerinnen in unserm Beduinendorf gelernt habe. Und es gibt so viele Kranke – Tiere und Menschen – wobei die Tiere die dankbareren sind! Die Menschen klagen so viel, selbst wenn es ihnen besser geht. Und heilende Kräuter anpflanzen und Öle und ...

Ihr Bruder Aaron unterbricht sie mit einem Lachen:

Du steckst so voller Pläne und Ideen, meinst Du ein Menschenleben reicht dazu aus? Lass mich auch mal was sagen. Ich möchte eine kleine Pferdezucht mit Deiner Hilfe aufbauen. Außerdem habe ich mich verliebt ...

Jael fällt ihm ins Wort: Ja ich weiß, ich hab's mir gleich gedacht – in Tabea – stimmts? Du wartest bestimmt sehnsüchtig auf ihre Rückkehr...

Und manchmal, ja manchmal, vor allem, wenn abends ein Feuer brennt, die Funken in den Himmel stieben, wenn sie um das Feuer stehen oder tanzen, dann hat es den Anschein, als ob dort Menschen aus einer ganz anderen Zeit mittanzen. Sind es die vier Frauen aus dem 21. Jahrhundert ... ?

Epilog

Wäre die Geschichte der Kirchen, die Heilsgeschichte oder gar die Historie der Menschheit eine andere geworden, wenn von den vier weisen *Frauen* erzählt worden wäre? Was können Frauen anders? Was können Frauen und Männer *gemeinsam* in Zukunft besser machen?

Die Zeit ist reif, dass Frauen, die die christlichen Gemeinschaften mitgestalten, ihren angemessenen, gleichgestellten Platz einnehmen. Nicht, dass man(n) ihnen mehr Rechte zugesteht, nein, sie wollen ihre Rechte selbst ergreifen, wollen eine gerechte Teilhabe. Ein gleichberechtigtes Miteinander muss her. Wenn Frau und Mann Schöpfung sind, sind sie dann nicht sogar verantwortlich verpflichtet, gemeinsam und solidarisch Glauben und Kirche und Klima und Frieden zu gestalten? Und Menschen, die sich in einer anderen Geschlechterrolle sehen ...ebenfalls?

Kann der synodale Weg ein Anfang sein? Muss aus Maria 2.0 eine Maria 3.0 werden? Wo bleibt Josef 2.0?

Nachwort

Wenn die Sternsinger und -singerinnen in Zukunft am 6. Januar (Epiphanias) ihre Buchstaben über die Tür schreiben, bisher C + M + B, müssen sie nun geändert werden in H + J + D + T ?

Nein! Die Zeichen gelten, so sagen andere, nicht für die Namen der drei bisherigen Weisen, sondern können auch heißen "Christus Mansionem Benedicat" ("Christus segne (dieses) Haus"). Doch jedes Mal, wenn ich nun über einer Haustüre diese Buchstaben lese, muss ich an die 4 weisen Frauen denken.

Bleibt noch die Frage: Wie kamen die Gebeine der vier weisen Frauen nach Köln?

Das und spannende Abenteuer mehr sollen demnächst in einer neuen aufregenden Geschichte erzählt werden.

„Mag es sein, dass die Überraschung dieses Fundes mich dafür einnimmt; Geschichte, Überlieferung, Mögliches, Unwahrscheinliches, Fabelhaftes mit Natürlichem, Wahrscheinlichem, Wirklichem bis zur letzten und individuellsten Schilderung zusammengeschmolzen, entwaffnet wie ein Märchen alle Kritik."

J. W. von Goethe in einem Brief an seinen Freund Sulpiz Boisserée am 22.Okt. 1819 über die Hl. Drei Könige zu Köln

Inhaltsverzeichnis

Vom gleichen Autor erschienen im Verlag **tredition:**

Lucy in the Sky und das 10x-Gen

Lucy in the Sky und die Roten Drachen

Lucy in Berlin und der finale Countdown (ab2023)

Weitere Werke des Autors unter **www.markwald.com**

– klimaneutral gedruckt –

Gewinne aus dem Verkauf gehen an *Ärzte ohne Grenzen*
www.aerzte-ohne-grenzen.de